CW01429105

Paris

Rot

ANNA GIEN

Paris
Rot

MÄRZ

Though your sins are as scarlet, they shall be as white as snow: though they be red, like crimson, they should be as wool. If ye be willing and obedient, ye shall eat the good of the land; but if ye refuse and rebel, ye shall be devoured with the sword; for the mouth of the Lord hath spoken it.

Joanna Southcott, *The Book of Wonders*

Für mich, als ich träumte.

MADELEINE
HOTEL D'AVALON

1. September

Man hat mir gesagt, dass die Welt sterben wird. Ich stehe neben dem Bett und sehe aus dem Fenster. Eben habe auch ich noch dort gelegen, wo sich jetzt sein Körper im Dunkeln bewegt. Ich weiß seinen Namen, aber er bedeutet mir nichts. Er ist lebendig und er atmet. Das reicht mir.

Ich erinnere die blinde Katze, die ich gestern gesehen habe. Erinnere ihren feinen grauen Körper, wie er sich über das Kopfsteinpflaster drückt. Ich erinnere die Nacht und die Laternen über mir. Da waren tausend falsche Sterne über dem Eiffelturm. Die Dunkelheit des Zimmers fällt mir auf die Hände.

Ich glaube, bis genau jetzt, bis zu dieser Sekunde, hatte ich noch Angst. Ich höre das Rumoren auf den Straßen. Schwefelgeruch. Es ist Tag. Die Wolken ziehen so schnell vorbei, sie sind die Wirklichkeit. Ich will nichts erinnern. Ich erinnere nicht, wer ich gestern war. Ich erinnere nur mein Bein, wie es sich um das Balkongeländer schlang, als ich Ausschau nach der Katze hielt, während er drinnen ins Telefon redete. Natürlich war sie nicht da. Wieso sollte mir eine blinde Katze auch kilometerweit durch die Stadt folgen. Der Himmel ist so klar, so wirklich. Er hat sich noch immer nicht bewegt. Keinen Millimeter. Ganz still stehe ich im Dunkeln. Die Sonne scheint in einem schmalen Streifen auf den Boden und auf meine Füße. Vor mir irgendein Gemälde. Es ist weiß, und darauf sind rosafarbene Punkte zu erkennen.

Ich weiß, dass die Welt sterben wird. Ich sehe ihr zu. In der Dunkelheit des Morgens kann ich meine Augen wie Irrlichter glitzern spüren. Genug davon.

Er bewegt seinen Fuß, als ich den Mantel unter dem Laken hervorziehe. Es ist der lange, dunkle Mantel, den ich besitze, seit ich hier bin. Ich drücke ihn an mich. Ich besitze ihn, und er besitzt mich. Ich besitze alles an diesem Zimmer außer meinem Namen. Er, der Lebendige, er nennt mich Madeleine.

Dies ist mein Traum. Mein Wald. Meine Stille. Dies ist die Nacht, in der Paris vor den Fenstern dieses Zimmers unterging.

M. DELROUX I

Ich kann nichts dafür. Einiges spricht dagegen, aber im Grunde glaube ich wirklich, dass ich nichts dafür kann. Wenn nichts Außergewöhnliches geschieht, dann kann man einen solchen Zustand unter den gegebenen Umständen als Notlage beschreiben. Das ist natürlich gleichermaßen Unsinn, denn etwas wirklich Außergewöhnliches geschieht ja nie, es sei denn man macht es zum Ereignis. Ich habe ein Talent für Ereignisse, ich glaube, weil ich verwahrlost bin. Zumindest hat M. Delroux das zu mir gesagt.

Gerade brauche ich nichts dringender als ein Ereignis. Ich weiß, dass ich mich aus Langeweile sogar in einen Tisch verlieben könnte. Und ich würde daran zugrunde gehen. Darin liegt der Ernst dieser Sache, egal wie abstrus mir das mit dem Tisch vielleicht vorkommt. Ich bin, wenn ich darüber nachdenke, sogar sicher, dass ich mich wirklich schon einmal in einen Tisch verliebt habe. Es war in der Schule, einer von diesen Tischen, die so aussehen, wie man sich einen Schultisch wirklich vorstellt. Diese Holztische mit den Fächern darunter. So sehr war ich mit der Dunkelheit dieser Fächer beschäftigt, dass ich gar nicht erst bemerkte, dass diese Sache einen Namen hat. Dass meine Liebe von jemand anderem erfunden worden war. Dass sie den Untergang von allem bereits in sich trug.

»Sie wissen, warum Sie hier sind?«

»Ich bin hier, damit ich niemandem mehr wehtue.«

So habe ich mir immer ein Gespräch mit meinem Therapeuten vorgestellt. Ich glaube, dass das gut für mich wäre, wenn man mich in dieser Sache ernst nimmt. Wenn man verstehen würde, dass ich ja gerne weine. Sich ein Jahr lang nicht neu verliebt zu haben, nur immer zwischen den Dingen, zwischen den U-Bahn-Sitzen Hände von Jungen angesehen zu haben: Das ist eine Notlage. Ich mag diese Jungen nicht. Ihre Haut ist ganz weiß und fest, und ihre Hände liegen so hilflos auf ihren Jogginghosen. Vermutlich gibt es ohnehin nichts Langweiligeres, als über Genauigkeiten der Szene mit M. Delroux nachzudenken. Stattdessen denke ich also darüber nach, wie die Szene *nicht* geschieht. Ich liebe es, auf diese Art darüber nachzudenken, auch wenn es mich anstrengt. Heute Morgen dachte ich, ich könnte auch einfach aufhören, in ihn verliebt zu sein. Aber in wen würde ich mich dann verlieben? Ich kann kein billiges Deodorant mehr riechen. Statt es zu versuchen, spreche ich also mit ihm. In meinem Zimmer. Ich sehe ihm in die Augen und sage ihm dummes Zeug, Wortfetzen oder Einfälle, ich sage sie, als säßen wir uns nach der Stunde gegenüber.

Er würde rauchen und mich ansehen und dabei eben irgendwas reden. Nicht irgendwas. Wir würden zum Beispiel über Dvořáks Katze reden. Oder über das Wort »unvordenklich«.

Wir sprechen ja normalerweise nach den Stunden nicht. Die Stunde fällt aus, und ich vergesse ihn eine Woche lang, und plötzlich sehe ich eine Katze auf einem Fenstervorsprung sitzen, und dann ist es so, als hätten wir nie aufgehört zu sprechen. Dieses Gespräch, das immer so geht:

Ich komme vom Duschen, ich trockne mich ab und ziehe mich an. Entdecke mich im Spiegel, fahre mit den Fingern über meine Wangen und meine Lippen, streiche mir das Haar hinters Ohr und dann spreche ich etwas aus diesem Gespräch laut aus. Meine Lippen formen es und ich gestikuliere dazu, als hätte ich eine Zigarette in der Hand. Er antwortet bloß mit einer Handbewegung. Vielleicht darf ich gar nicht rauchen. Die Zigarette verschwindet, aber seine Handbewegung bleibt die gleiche. Es ist nicht nur eine einzelne Handbewegung, es ist mehr: die Handbewegung von allem. Er holt aus, und seine Hand berührt alles um mich, nur mich nicht. Das Zimmer erstarrt davon, die Fenster und der Wald hinter ihnen.

Manchmal stehe ich jetzt auf einer Lichtung, über der schreckliche Sterne glitzern. Wir müssen spazieren gegangen sein, und natürlich weiß ich, dass er weiß, dass ich will. Wie könnte er das nicht wissen. Vielleicht weiß er aber auch, dass ich es nicht *tatsächlich* will. Er ist blass. Er hat einen Bauchnabel und vermutlich merkwürdige Knie. Das sage ich ihm aber nicht, wenn wir zusammen in meinem Zimmer seine Handbewegung vollziehen. Ich sage stattdessen Dinge wie: »Ich weiß, dass das, was ich will, nicht möglich ist. Deshalb will ich nicht, was ich will. Aber würdest du vielleicht mit mir sprechen? Nur sprechen.«

Natürlich wird er das.

Jetzt steht er hinter mir. Er trägt ein Jackett oder einen Gürtel. Ich trage ein Kleid und sitze auf dem Boden. Es ist warm und Zweige drücken in meine Haut. Es ist immer Sommer. Er beugt sich über mich, und seine Wange ist in meinem Nacken, so nah, dass ich sie spüren kann. Seine Hand fährt, fast ohne ihn zu berühren, meinen Rücken hinab und unter mein Kleid. Fährt von hinten unter den Stoff meiner Unterhose. Zwischen meine Beine. Ich bin unendlich nackt. Ich kann seinen Atem spüren. Seinen Blick. Seine Stimme. Sprich mit mir. Sag mir etwas, das nur du sagen kannst. Du mit deinem vermaledeiten Bauchnabel. Nicht die dunkle Anwesenheit, die ich jede Nacht erfinde.

LE MONDE
VIEUX

Im September berichtete ein Artikel der Zeitung Le Monde *von einer Steintafel, die in der Nacht von Donnerstag, den 28., auf Freitag, den 29. September, auf dem Friedhof Père-Lachaise von einer Gruppe Jugendlicher entdeckt wurde, die aus bisher ungeklärten Gründen gerade im Begriff gewesen waren, ein Kaninchen auf dem Grab Jim Morrisons freizulassen. Die Steintafel ist, so berichtet* Le Monde, *noch am selben Tag zur Untersuchung in das archäologische Forschungsinstitut der Universität Paris gebracht worden.*

Vor dem Fenster waren Äste herabgestürzt und Käfer herumgeflogen. Die Dunkelheit, die draußen herrschte, war erschreckend.

Adrian hörte auf, hinaus in den vom Sturm schwer bewegten Wald zu sehen, und blickte stattdessen auf die moosüberwucherte Steintafel hinab, die in dem grellen weißen Licht vor ihm auf dem Zellstofftuch lag.

Auf der unteren Hälfte konnte man noch Spuren der Flechten erkennen, die sich tief in die Lettern gegraben hatten. Der Laborant streifte die Erdreste von der Pinzette, strich seinen Kittel mit einer geübten Bewegung glatt und beugte sich zum Objektiv des Mikroskops hinab, um die erste Zeile des Schriftzugs zu betrachten, der auf dem verwitterten Stein lesbar geworden war:

LA VIOLATION DU MONDE
(Die Verletzung der Welt)

Adrian spannte sich innerlich zu einer erwartenden Haltung an. Die Tanne direkt vor dem Fenster neigte sich.

Oh dear. Das Fenster ist ja offen. Adrian hob den Kopf. Hatte er etwa das Fenster geöffnet?

Von draußen blies die Dunkelheit in das Labor. Zweige wehten über den Boden. Ein Käfer schwirrte an Adrian vorbei. Die Lippen des Laboranten waren blutrot.

Adrian blickte aus sicherer Entfernung auf das Mikroskop, das in dem bläulichen Licht jetzt unheilvoll aufschimmerte. Von irgendwo weit weg konnte man es leise quietschen hören. Ja, ja, ja, es quietschte unserem Laboranten nun wirklich schrecklich in den Ohren …

OH MY GOD! Adrian schrie laut auf. Er warf den Kittel über das Mikroskop wie über eine Ratte im Zimmer.

Da hob Adrian den Kopf, vorsichtig, und sah in den Wald. Ein bläulicher Umriss fing sich vor dem Dunkel der Bäume im Glas des Fensters. Da war ein Blinzeln in der Spiegelung, aber Adrian erkannte es nicht wieder.

Mit einer Stimme, die jedem, der den Laboranten Adrian kannte, eigenartig betörend erschienen wäre, begann er laut vorzulesen, was auf den Stein geschrieben stand:

ES WAR EINMAL,

VOR LANGER ZEIT,

DA STÜRZTE

EIN SCHWARZER KOMET

ÜBER DEM HIMMEL

VON PARIS

HERAB.

DIE EISERNE UHR IM ERDINNEREN SCHLUG NUN

RÜCKWÄRTS.

DIE MENSCHEN AUF DEN STRASSEN FINGEN VON

SELBST AN ZU BLUTEN.

ÜBERALL WAR BLUT, ABER NIEMAND KONNTE

ETWAS DAFÜR.

DIE MENSCHEN SIND NUN LEBENDIGER, ALS SIE ES

VORHER WAREN.

Aus Respekt vor dem französischen Volk und um die öffentliche Ordnung nicht über die Maßen zu gefährden, hat Le Monde sich dazu entschlossen, die Inschrift der Steintafel nicht weiter abzudrucken.

MADELEINE
AUF DER STRASSE

Ich wandere durch diese Zimmer. Ich denke all diese Dinge, aber sie bedeuten nichts. Es ist nur ein Rauschen, ein ewiges Rauschen, ich, meine Gedanken, die Straßen, diese Zimmer. Ich betrete einen Laden in der Rue Allent, probiere einen neuen Mantel an. Ich befühle den Kragen und sehe mir durch die Sonnenbrille hindurch in die Augen. Im Spiegel bin ich nur das, mein Blick, eine weitere Szene, die ich gestohlen habe. Ich verlasse den Laden, ich trete auf die Straße, und die ganze Dunkelheit der Stadt erfasst mich, in meinem alten Mantel, die Windstille lässt mich allein zurück. Ich erinnere einen Kronleuchter, der über allem schwebt, und ich weiß noch, dass ich von einer Hochzeit geträumt habe. Den ganzen Abend habe ich sein Russisch im Ohr, ein ewiges Gespräch am Telefon, ohne Höhen, nur mit immer weiteren Tiefen. Ein großer Tropfen Sauce béarnaise hing auf seiner Uhr. Der goldene Zeiger ging *klock klock* im Kreis. Er fuhr mir durchs Haar, und ich wollte ihn küssen, aber stattdessen streifte ich den Tropfen mit dem Finger von der Uhr. Er deutete an, mich zu ohrfeigen, und ich versank in seiner Schulter. Er sagt ein russisches Wort, irgendetwas mit einer bauchigen Mitte, und ich denke an Thauma, Thaumatrop, diese Papierkreise, die man zwischen den Fingern dreht und auf denen ein Vogel im Käfig abgebildet ist. Er zerbeißt jetzt sehr laut etwas in seinem Mund, und ich liebe alles an dieser Szene. Mein Verlangen nach diesem alten Mann. Meine absolute Einsamkeit. Er spricht jetzt von der Operation Amsterdam. Ich sehe zu dem Kronleuchter hinauf und versuche, an etwas zu denken, das wirklich ist.

CINÉMA L'INFANT

Ein Mädchen mit Katzenohren erzählt mir diese Geschichte.
Im Traum heißt sie:
L'EGOÏSTE

Wenn die Schritte unter der Tür verschwunden sind, wenn nur noch das Licht darunter hindurchfällt und das Schwarz des Zimmers bald identisch mit dem Schwarz unserer Augen ist, dann sehen wir *Palais*.

Es ist Nacht und Grouillard ist ein Kind.

Ihre Füße sind nass von den Pfützen, und in diesem Augenblick wird ihr Kopf an ein kaltes Stück Metall gepresst. Sie kann durch das Schlüsselloch einer Hintertür sehen. Das Licht, in dem die Szene vor ihren Augen aufflammt, ist schwach, doch sie kann einen Umriss erkennen: Jemand streift einen Mantel ab, nimmt Platz auf einem tiefen, samtenen Sessel, und Grouillard sieht nun ein Stück Haut, das unter einem Kleid hervorblitzt, aber dann verdunkelt etwas ihren Blick, das Zimmer verschwimmt, und sie wird fortgerempelt, auf die Straße, und stürzt in die Pfütze, von wo aus sie weit oben die Sterne über dieser Schweinerei von einem Stadtviertel glitzern sehen kann.

Palais nannte man die Gegend, in der Grouillard aufgewachsen ist. Und die war das Abscheulichste, was diese Stadt je hervorgebracht hat: nichts als eine finstere Linie, auf der die Kinder mit Messern und Gift spielten. Ja, manche Menschen behaupten sogar, sie hätten hier Kinder auf wackeligen morschen Brettern über dem Abgrund der Straße spielen sehen. Und dort unten, über diesem Abgrund quoll ein dichter, leuchtend roter Rauch, aus dem tagein, tagaus die schlimmsten Hässlichkeiten splitternackt hervortraten. Und die Straße selbst, die war das Schlimmste. Ein Strom aus Matsch und flüssigem Abfall. Das war so, weil man hier, so sagen die Menschen, aus den Fenstern in den Mund lebte. Was das heißt? Alles, sagt man, warf man hier einfach zum Fenster hinaus. Hühnerknochen. Blutige Tücher, Erde. Es regnete Dreck. Und dazu muss man sich nun noch eine furchtbare Musik denken, die von überallher kam, von groben Instrumenten, gefertigt aus unergründlichen Resten von toten Dingen. Diese Musik, zeternd, leiernd, röchelnd, klang jede Nacht aus dem Untergrund von allem herauf wie ein entsetzliches Pfeifen aus einem schorfigen Mund. Und inmitten dieser Musik rannten die Menschen nackt und bewaffnet wild durcheinander.

Grouillard war nun lange kein Kind mehr. Sie stand auf der Straße. Die Sonne funkelte einnehmend in ihren Augen. Das Gesicht unserer Heldin war blutverkrustet.

Soeben hatte sie das Haus verlassen, in dem sie aufgewachsen war. Sie sah nach oben, wo Vögel flatternd kreisten, und dann nach unten, wo irgendetwas wuchs.

Und dann sah sie geradeaus, wo sich alles vor ihr, das ganze Getümmel von Palais, hin zu einer kleinen Gasse bewegte. Diese Gasse hatte Grouillard zuvor nur ein einziges Mal betreten. Sie erinnerte sich noch an die Pfützen. Dieselben schwarz schlierigen Pfützen, die die Straßen schon seit Jahrzehnten überzogen. Grouillard schloss sich der Menge an und bewegte sich in die kleine Gasse hinein, vorbei an einer hölzernen Tür, die unscharf in dem Mauerwerk vertieft war. Auch sie glaubte Grouillard wiedererzuerkennen. Sie wendete noch ungeschickt den Kopf und sah ihr nach, doch da schoben die Menschen hinter ihr sie schon weiter in die Dunkelheit der Gasse. Die Gasse wurde tiefer und etwas leerer. Grouillard ging weiter, bis sie in eine weitere, noch dunklere Gasse mündete, auf der nun fast keine Menschen mehr waren, dann in noch eine, noch eine weitere, und da stand Grouillard plötzlich mitten auf einer großen Promenade. Die Straße war hell und breit, und einzelne Gestalten steuerten ihr entgegen, eine Zeitung oder einen Mantel über dem Kopf haltend, um sich vor der Sonne zu schützen. Beim Anblick der Menschen schwindelte es Grouillard. Sie hatte diese Straße noch nie gesehen, und die Ereignisse des Morgens pochten noch in ihr nach, vielleicht war es aber auch ihr Herz. Es funkelte ganz rot.

Grouillard hielt ihren Kopf gesenkt und trat in die Sonne. Sie ließ ihr Haar in das Gesicht fallen, damit die Menschen, die in dem grellen Licht über die Promenade eilten, nicht das Blut sehen konnten. Sie stand still und spürte die Wärme der Sonne auf ihrem Haar und ihrer Haut und beäugte das Gebäude, das sich auf der gegenüberliegenden Seite befand. Die Fassade dieses Gebäudes war so dunkel, als sei sie verrußt oder aus dunklem Schiefer gebaut. Wäre man jemand anderer gewesen als Grouillard, dann hätte man dieses Gebäude vielleicht übersehen. Für einen Ort wie diesen würde man sich ja einen ganz anderen Eingang vorstellen. Eine geheime Tür, eine goldene Klingel. Vielleicht ein Pferd. Doch dieses Gebäude hätte man ganz einfach für etwas Nichtiges, Unfertiges, nicht wirklich zum Leben Dazugehöriges halten können. Wie Baustellen oder Müllablagen mitten in der Stadt doch auch etwas Nichtiges, nicht wirklich zum Leben Dazugehöriges an sich haben. Nur an sehr heißen Sommertagen wie jenem, an dem die Menschen vor der Trockenheit der Stadt geflohen waren, bewegte sich nicht das Unwetter aus Jacken und Hüten und Schirmen vor dem Gebäude auf und ab, das für gewöhnlich die Promenade bevölkerte. So wäre ein vorbeistreifender Blick vielleicht zwischen den vereinzelten Füßen hindurch auf das vorsichtige rote Blinken gefallen, das sich aus dem kleinen Loch, das aus den falschen Barrikaden klaffte, auf die Straße warf.

Grouillard starrte auf das Licht. Es erinnerte sie an etwas. Sie versuchte, zu verstehen, was es war – es fühlte sich ganz eindeutig an, doch die Bewegung war wirr, und vielleicht war es auch nur die Erinnerung an eine wirre Form wie die der Vögel, dachte Grouillard, die sich in kleinen Schwärmen über die Dächer von Palais warfen. Vielleicht war es aber auch bloß eine neue, sogar für uns nun fühlbare Unruhe in ihr selbst, an die sie sich erinnerte. Das Licht, es zeichnete sich linienartig auf den Boden, eine konfuse Signatur, und Grouillard versuchte, sich nicht zu erinnern, an nichts zu erinnern. Sie wollte nicht daran denken, was an diesem Morgen geschehen war, nicht an dieses Haus, das sie verlassen hatte, diesen – so dachte Grouillard es jetzt, innerlich fluchend – Sumpf ihrer Verwahrlosung mit diesen beiden emotionslosen Schränken, die ihre Eltern waren und die Grouillard, so dachte sie weiter in diesem Moment, in dem sie den Schatten des Gebäudes auf sich spürte, nichts gegeben hatten. Nichts, außer vielleicht ihren Namen. »Grouillard« – ein Name, der absolut nichts bedeutete, zumindest nichts Besonderes. So schön dieser Name auch klang, so wenig hatten ihre Eltern sich dabei gedacht. Sie hatten überhaupt nie an sie gedacht, diese beiden Grobiane mit ihren dreckigen Fingernägeln. Es gab keine Großeltern, die den Namen getragen hatten, und keinen dazugehörigen Song. Nicht mal ein billiges Hotel, in dem die beiden sich einmal romantisch ineinandergerauft hätten, stand Pate für den Namen, nein, es gab nichts dergleichen. Nichts als die elende Wirklichkeit der Welt, die ihr Zuhause war. So dachte es Grouillard und betrachtete die herausgebrochene Öffnung, aus der das Licht fiel, die noch dunkler war als der Rest der Fassade. Ihr Rand war schwarz, als wäre er verkohlt. Hätte Grouillard lesen können, dann hätte sie den Schriftzug verstanden, der etwas über dem schwarzen Rand auf das Holz geschrieben stand. Aber Grouillard konnte nicht lesen. Sie sah nur etwas, das sie als Zeichen erkannte, wie von Kinderhand geschrieben:

Grouillard wollte die Zeichen noch etwas länger ansehen, doch sie spürte die Nähe eines Menschen neben
sich. Es musste ein Mann sein, das erkannte Grouillard
aus dem Augenwinkel an dem Saum eines dunklen, teu-
er aussehenden Mantels. Grouillard spürte, wie die Wut,
die sie soeben schon gefühlt hatte, stärker in ihr wurde.
Sie brauchte nicht hinzusehen, um seine Erscheinung
zu begreifen. Die fühlbare Größe dieses Körpers. Das
Gewicht seiner Kleidung. Sie würde den Kopf nicht heben, niemals. Sie hasste diesen Menschen, der da neben
sie getreten war und sie ihre eigene Gestalt spüren ließ,
wie sie dort kniete in ihrem zerrissenen Kleid, das Blut
auf ihrer Stirn. Grouillard wartete, dass etwas geschah,
doch der Mann bewegte sich nicht, und so blieb sie ganz
still und fuhr konzentriert mit den Augen die Zeichen
ab. Der Schatten des Gebäudes lag ruhig auf den beiden,
Grouillard und dem Mann, und das kostbar eilige Treiben auf der Promenade ereignete sich so vage und klar
zugleich, als geschähe es ganz ohne Zusammenhang zu
den Gesetzen, die das Leben Grouillards bestimmten.
Plötzlich bewegte der Mann seinen Fuß, vielleicht nur
zwei wie von einem präzisen Getriebe betätigte Mili-
meter. Grouillard blinzelte vor Wut, als sich plötzlich
ein Gedanke in ihr losbrach: »Nein«, dachte Grouillard.
»Dies ist ein neuer Tag«, und wie von diesem Gedanken
verändert, wandte sie den Kopf und lächelte nach oben.

Die Gesichtszüge des Mannes zerfuhren zu einem
sich mit jeder Sekunde mehr ausweitenden Entsetzen –

man muss sich ja vorstellen, wie Grouillard aussah, so von Blut überzogen und vor Dreck starrend. Doch Grouillard lächelte unverändert in das Entsetzen seines faltigen Gesichts hinein, und da, so plötzlich, als hätte man einen Tropfen Quecksilber in eine erkaltete Galaxie fallen lassen, löste sich etwas. Der Mann sah Grouillard nun anders an als eben noch. Er betrachtete langsam, seine von der Sonne gerötete Stirn im Schatten seines Hutes bewegend, Grouillards Gesicht. Nun streckte der Mann die Hand nach Grouillard aus. Sie biss sich auf die Zunge, sie fühlte eine grässliche Wut in sich aufsteigen, während die Finger des Mannes jetzt ihre Haarspitzen berührten, und da merkte Grouillard, wie etwas Großes hinter ihr nachgab, eine gewaltige Kraft schleuderte ihre Arme und Beine gleichzeitig nach vorne, und ihr Körper wurde in eine bodenlose Dunkelheit gerissen. Grouillard hatte noch die Schuhe des Mannes sehen können, schwere, schwarz polierte Lackschuhe, doch das Bild war jetzt verloren, stattdessen war da nur Dunkelheit, und dann waren da Stimmen und wieder Dunkel und hinter dem Dunkel noch mehr Dunkel und Gesichter, die sie nicht verstand, drängten sich an ihr vorbei, hinein in das Dunkel, das sie nicht wieder ausspie, nein, ein Ausgang war nirgends zu sehen, aber ohnehin hatte Grouillard keine rechte Zeit, diesem Gedanken weiter nachzugehen, denn jede ihrer Bewegungen fühlte sich bald wie etwas an, das man im Traum tat, etwas, dessen Sinn und Zweck und Funktionsweise zwar ahnbar, fühlbar war, aber eben nicht augenblicklich für die Träumende einsichtig, und dann war Grouillard da.

Wir befinden uns nun in einem großen Saal voller Menschen, die dicht gedrängt mit dem Rücken zu ihr standen und auf irgendetwas blickten, das sich auf der von hier aus kaum erkennbaren Bühne am Ende des Raums ereignen musste. Grouillard sah zu den Seiten auf und erahnte Galerien, Galerien über Galerien, die sich hochzogen, bis hinauf in ein unübersichtliches rot vernebeltes Oben. In der Dunkelheit um sich herum konnte sie keine Gesichter erkennen, nur Rücken und Mäntel und Hände, in einem fahlen Licht, das von irgendwo dort oben kommen musste. Und dazwischen schaukelte ebenfalls sehr weit oben ein winzig kleiner goldener Kronleuchter hin und her. Die Körper um Grouillard bewegten sich unruhig, und sie spürte noch, wie sich eine Hand von ihrer Schulter löste, doch Grouillard bemerkte es kaum mehr, denn sie war gemeinsam mit den anderen schon ganz im Sehen verschwunden.

Es war eine Art schwarzes Wabern, das sich dort vorne auf der Bühne hin- und herbewegte. Es verzerrte sich, jetzt noch mehr, wurde dabei zunehmend grenzenlos. Es schrumpfte, nun wuchs es wieder, und erst, als es bereits die Bühne eingenommen hatte, erkannte Grouillard, dass das, worauf sie da blickte, zwei riesengroße finstere Brüste beinhaltete. Der Körper knallte laut auf, und Grouillard blickte wie versteinert auf diese Brüste, über die wir kurz sprechen müssen, denn dies waren Brüste, ganz und gar nicht so, wie man sie sich vielleicht vorstellt. Nein, dies waren Brüste ganz so wie der Schwindel, der einen unter dem offenen Sternenhimmel erfasst. Brüste wie Nebel und Dunkel und Schreien. Brüste wie eine Geisterbahn! Sie, nein, viel mehr *das alles*, das da oben von einem winzigen Paillettenkostüm eingefasst wurde, von dem der anschwellende und noch immer laut knallende Körper nur wie von einem kleinen Serviettenring in der Mitte zusammengehalten wurde, Augen und Mund dazwischen wie kleine nasse Löcher, nur vom Glanz des Scheinwerferlichts am Leben gehalten, breitete sich jetzt zu ihrer vollen Größe aus, wirbelte in alle Richtungen über die Decke des Saals, beugte sich hinab, gab Grouillard einen Kuss, und da wurde es schon schwarz um sie.

Wir wollen das Rätsel auflösen. Es war Rossignol, die Grouillard dort gesehen hat. Rossignol, *die Königin der Nacht*. Die, so munkelte man, absolute, urarge, UNSÄGLICHE … %$!#§€. Aufgewachsen am Fuße eines Vulkans. Geröllkind, verlassen von den Menschen – floh sie alleine über die Lava. Doch sie kam nicht weit. Eingeschlossen in die Traumgrotte eines wild gewordenen Fürsten. Von einem Schwarm stürmischer Möwen befreit. So floh sie mit verbrannten Füßen in die Stadt. Dort fand man sie, in einem Loch kauernd, bewacht von wilden Pferden! Sie, dieses vulkanische Hirngespinst. Die letzte wirkliche Fantasie eines längst verlorenen Weltzusammenhangs. Man hatte Rossignol, so sagt man, zu füttern versucht. Doch essen wollte sie nicht. Rossignol hatte traurig gewirkt, als man sie gefunden hatte. Das konnten die Menschen um sie nicht ertragen. Deshalb tanzte sie. Rossignol wollte niemanden unglücklich machen.

…

Verzeihung, wir waren so eingenommen von dieser Erscheinung, dass wir fast Grouillard vergessen hätten: Mit ihren spindeligen Fingern und ihrem wirren Blick saß sie von nun an Abend für Abend mit den anderen Menschen im Saal und sah *ihr* zu, wie sie mit anarchischem Ausdruck in den Hüften die Welt zerbrach. Das Jetzt zertanzte. Rossignol, das müssen wir ergänzen, war natürlich kein Mensch im eigentlichen Sinne. Doch, das war sie vielleicht schon, aber sie besaß, so hörte man es immer wieder, mal klang es so, mal klang es anders, aber in der Sache war man sich doch einig, für eine Tänzerin recht eindringliche Züge des Göttlichen. Wo sie auch hinging, zwang sie die Menschen in die Knie, und in all der Zeit, da sie hier war, war Rossignol nicht älter geworden. Wie sich herausstellte, alterte sie überhaupt nicht. Sie wurde nur mit jedem Tag größer und glitzernder.

❦

Es ist nun etwas Zeit vergangen. Grouillard steht mit gekämmtem Haar vor der zerbrochenen Fassade. Das Blut ist von ihrem Gesicht gewaschen. Eine Schleife um die Taille. Es stellte sich heraus, dass unsere Grouillard sich überaus gut für den Posten der Kartenabreißerin eignete, denn jeder, der sie sah, wie sie in dem rosafarbenen Kleid und mit ihren dunklen Augen, die über den Boden huschten, auf der Straße stand, verliebte sich sofort in sie. Ach, wenn da ein fremder Blick nur etwas verloren entlangstreifte, dann fing er sich so schnell, ihr kennt es doch, in diesem plötzlichen Gefühl gegenüber einem fremden Mädchen. Vielleicht war es aber auch so, dass in Grouillards fliegenschwarzen Augen etwas lag, das dieser Straße sogar fremder war, als jedes andere Mädchen es hätte sein können. Denn die Menschen hatten sich ja an Mädchen gewöhnt, so wie sie sich an die Straße gewöhnt hatten, über die sie nun so eilig liefen, dass sie nichts von ihrer *uralten Schummrigkeit* mehr sahen, die sich in Grouillards Augen spiegelte. Diese Schummrigkeit hatte sich jenseits der verbarrikadierten Fenster des Rouge über die Jahre hinweg wie am Grund einer Bodenritze bewahrt und wäre wohl auch dort dem Untergang geweiht gewesen, hätte man sie nicht in modernem Gewand getarnt in die neue Zeit mit ihren neuen Gewohnheiten hinübergerettet. So war dieses Gebäude mit seinen verbarrikadierten Fenstern (die allerdings nur dem Effekt von Illegalität dienten – das Rouge war ja ein Unternehmen mit gut bezahlten Angestellten) das einzige Gebäude, das sich hier aus der alten Zeit erhalten hatte. Der Rest der Umgebung hatte sich von der dunkelrot schlierigen, pfützenübersäten Brache, die sie gewesen war (fast genauso schlimm wie die Straße, von der wir zu Beginn berichtet haben), zu ebenjener brillierenden Flaniermeile gewandelt, die sie nun war und aus der das Rouge, vor dem unser kleiner Nachtvogel nun steht, wie ein düsterer stumpfer Zahn zwischen den Wolkenkratzern hinauffragte.

Unsere Grouillard. Da war sie aufgebrochen, um ihr Leben zu beginnen. Und landete ausgerechnet hier ... Eine ehrliche Arbeit, könnte man meinen, ist ja etwas anderes. So gingen die Tage vorbei und die Wochen ins

Land. Grouillard war umgeben von fremden Gesichtern, die sich im Dunkel kaum berührten, tiefen Sesseln, die sich um ihren Körper schmiegten und die vor ihren kleinen, offenherzigen Augen zu etwas so Flüssigem, Träumerischem verschwammen, wie man es sich jetzt, im Licht der Straße, gar nicht vorstellen könnte. Jeden Abend saß Grouillard wie ein hungriges Tier auf dem Souffleurkasten und blickte hinauf zu Rossignol, die sich vor den Augen der Gäste drehte und wand. Wenn ihr Tanz dann gerade etwas zu berauschend wurde, sodass es Grouillard unangenehm in den Seiten stach, dann drehte sie sich stattdessen um und folgte den Hunderten Augen im Saal, die Rossignol taxierten. Das Geräusch der Uhren an den Handgelenken im Saal verdichtete sich zu einem gleichmäßigen motorischen Sirren, das die Blicke noch unruhiger werden ließ. Grouillard bewegte dann ihre Beine in dem Scheinwerfer, der neben den Souffleurkasten fiel, um zu sehen, ob sie nicht einen der Blicke damit fangen könnte. Und auch wenn nichts geschah, wenn kein einziger dieser Blicke sie wirklich traf, dann genoss sie es doch, in ihrer Nähe zu sein. Ein Ärmel, der sie berührte. Eine Hand, die sie im Vorbeigehen streifte. So saß Grouillard inmitten des Saals, und ihr noch im Wachsen begriffener Körper sog die dunkle Feierlichkeit, die sie umgab, so hungrig auf, dass sie sich über die Netzhaut ihrer Augen legte, sich mit ihrem Blick verband und mit ihrem Herz verwuchs, wo sie von nun an in jedem seiner Schläge widerklang.

Es folgte eine Zeit, die schön und im Grunde ereignislos war, bis Grouillard eines Nachts – der Mond hing tief und voll über dem Rouge – in ihrem Bett in ihrem kleinen Zimmer im dritten Stock aufwachte und kerzengerade im Bett saß. Das Geräusch, von dem sie aufgewacht war und das noch immer sehr nah zu sein schien, war ein quengelndes, bitterliches Schluchzen. Grouillard war im Schlafanzug hinausgelaufen und die Treppen ins Foyer hinabgestiegen, wo sie nun im Dunkeln stand. Noch in den Gängen hatte man es hören können, und auch jetzt, hier im Foyer war es deutlich wahrzunehmen. Immer so, als wäre es gleich hier, hinter einem. Grouillard sah hinab auf ihre Füße, weil sie etwas Nasses spürte. Sie erkannte ihre dunkle Spiegelung im Wasser, das über dem Teppichboden stand. Das ganze Foyer war überschwemmt! Grouillard tappte durch die Wasserfläche hindurch bis zum Eingang. Als sie die Luke aufzog, schwappte ihr ein ganzer Wasserschwall entgegen. Sie streckte nur den Kopf hinaus, um im schlimmsten Fall einen Rückzieher machen zu können. Zuerst sah sie nichts, nur Schwarz. Keine Straße, keinen Himmel. Doch dann: ein Funkeln. Und noch eins. Grouillard hob den Kopf, bis sie irgendwo ganz oben Streifen des Nachthimmels erkennen konnte.

Ihr habt es euch sicher schon gedacht: Es war die Königin. Rossignol. Sie hatte die Straße eingenommen. Grouillard konnte nun sehen, dass es ihr Körper war, der bis an die Häuserwände reichte, die gesamte Länge und Höhe der Straße unübersichtlich mit sich anfüllte und dabei unheilvoll schwankend das, was vom Himmel überhaupt übrig geblieben war, verdeckte. Massige Tränen glitten über ihre Auswölbungen, sammelten sich um sie herum in riesenhaften, grob spiegelnden Pfützen an. *Matsch, Blitz, Kadoush,* traf die nächste auf und spritzte Grouillard ins Gesicht.

Hollygolightly.

Grouillard konnte nicht fassen, dass sie es gewagt hatte zu sprechen. Von irgendwo unten setzte nun ein Räuspern an, gefolgt von einem umso heftigeren Schluchzen. Jetzt, von sehr weit oben, etwas, das klang, wie ein Versuch zu sprechen. Es war aber gar keine Sprache, nur ein Echo. Ein Echo, das augenscheinlich ohne Ursache dunkeldonnernd über allem hallte. Und da spürte Grouillard den Boden unter sich aufzittern. Es bebte und zitterte, und plötzlich erhob sich die stumme, formlose Erscheinung vom Boden. Ein schrecklicher dunkler Bug schwebte in der Nacht, ließ ein Wehen aus bläulichen Flammen zurück, das über dem Staub der Straße kreiselte, bis es schließlich verglühte. Die Königin war spurlos im schwarzen Himmel verschwunden.

So war es geschehen. Die Königin der Nacht kehrte nicht mehr zurück. Nun wissen wir gar nicht, wo wir weitermachen sollen. Natürlich war erst einmal ein Chaos losgebrochen, im Rouge und überhaupt. Alles weinte. Ja, an allen Ecken und Enden wurde geheult. Die ganze Belegschaft, die Managerin und die Gäste, alle heulten, so lange, bis irgendwann all das Heulen in eine grässliche Wut überschwappte. Es war ja so gewesen, dass all die Gäste im Grunde nur wegen Rossignol ins Rouge kamen, der Rest der Belegschaft war auch reizvoll anzusehen, ganz bestimmt, aber es war ja kein Vergleich, es war nicht einmal in der Nähe eines Vergleichs, und so war schon innerhalb von zwei Tagen unter den Gästen des Rouge ein so rasender Zorn losgebrochen, wie man ihn seit Jahrzehnten nicht mehr in dieser Gegend erlebt hatte. Es dauerte nicht lange, bis die wütenden Gäste sich aufeinander stürzten, sich die Mäntel vom Leib rissen. Eine Gruppe Männer war in das Büro der Managerin eingebrochen und hatte sie aufs Dach getrieben, wo sie nun saß und weinend telefonierte. Die Männer stießen Bettpfosten durch die Fenster der Zimmer, aus denen die Tänzerinnen geflohen waren, insgesamt also ein Höllendurcheinander, das wir kurz nutzen wollen, um zu unserer Heldin zurückzukommen, denn ohne etwas mehr über Grouillard und die Umstände, aus denen heraus sie in diese Geschichte geraten ist, zu erfahren, kann man doch das, was bald drauf und dran ist zu geschehen, gar nicht verstehen.

Vielleicht erinnert ihr euch daran, dass wir das Haus erwähnt haben, in dem Grouillard aufgewachsen ist. Diese finstere Hütte befand sich in einer kleinen Straße, direkt hinter dem Rouge, zu der man jedoch nur gelangte, wenn man hinter den Häusern herumlief und dann über einen Geheimweg durch eine Unterführung auf die andere Seite der Promenade fand. Hier hinten war noch immer überall bloß Dunkel. Dunkel und Matsch und nirgends ging Licht. Und große schlimme Katzen fraßen die Überreste der alten Welt von den Straßen, die hier überall verstreut lag. Im Gegensatz zur Promenade war hier seit Jahren nichts gerettet worden. Nein, hier fiel alles einfach um und verdarb noch bei lebendigem

Leib. Und die Menschen, sich an die Arme ihrer Kinder klammernd, hielten sich gerade so in all dem Müll, der sie umgab, auf den Beinen. Gerade hier war es, in all dem Matsch und all dem Sumpf, dass sich an Grouillard zum ersten Mal Zeichen eines besonderen Lebens gezeigt hatten.

Es muss geschehen sein, kurz nachdem Grouillard das Laufen gelernt hatte, dass sie zum ersten Mal einen irren Slurge in sich verspürte. *Slurge?* »Was ist denn das – ein Slurge?«, fragt ihr euch bestimmt. Aber ihr fragt zu Unrecht. Denn bei dieser Sache handelt es sich nicht, wie man vielleicht annehmen könnte, um eine Privatangelegenheit oder ein persönliches Problem. Nein, mit dem Slurge verhält es sich ganz anders. Wie können wir es euch erklären? Wir versuchen es so:

Was ist es, das dein Zimmer in Ruinen verwandelt? Das Mädchen, das dir Grimassen schneidet? Deine Tiere verwildert? Der Nullpunkt der Dinge. Ihr blindester Fleck.

Lerchennest. Nachtkatze. Nuttenspiegel. Ihr wisst es doch. Die dunkle Tür.

Die Innerei der Welt.

Vielleicht kennt ihr ja das Entzücken, das einen angesichts eines explodierenden Sonnensystems überkommt? Die Rangeleien der dunklen Materie? Das ewige Rüschen und Plüschen aller Lebewesen unter der Sonne? Das Prinzessinnengefühl der Dinge, so insgesamt? Nein?

Das ist der Slurge.

THE SLUTTY SMUTTY SLURGE
OF EVERYTHING

Dass das, was sie da gespürt hatte, der Slurge war, wusste Grouillard zu diesem Zeitpunkt natürlich noch nicht. Sie saß nur still in der Dunkelheit und blickte auf den Spalt, durch den das Licht des Fernsehers aus dem Wohnzimmer in ihr Zimmer fiel. Sah in der Spiegelung der Tür auf das kleine Abbild des Fernsehbildschirms, auf den sich flimmernd die Züge eines Gesichts zeichneten.

You can dance
You can jive
Having the time of your life

Wenn Grouillard nun die Augen schloss, dann konnte sie spüren, wie die kleinen Sterne weit über der dunklen Hütte jetzt wie Scheinwerfer auf das Dach hinabfielen. Und da stand sie auf der Straße, in absoluter Stille. Ihr Kleid war kristallbesetzt und es rotierte – Lichter stießen daraus hervor, blau, grün und violett, und die anderen Kinder, die in dieser Szene nur kleine kreiselnde Oberkörper sind, stießen leise Quietschgeräusche aus, während Grouillards mit dichten Wimpern bekränzte Pupillen nun zersprangen und Milliarden Sprenkel in die Gassen warfen, wo ein brechender, jagender Applaus auf Grouillard herniederprasselte, die nichts tat, außer zu lächeln.

Wir erinnern uns daran, dass Grouillard lächelte, doch als sie die Augen öffnete, sah sie nur das dunkle Wohnzimmer und die Gesichter ihrer Eltern, die im Licht des Fernsehers wie schreckenerregende Ackerschollen aufflackerten.

Ist der Slurge einmal da, dann ist er endlos. Das liegt in der Natur der Angelegenheit.

Mit einem Slurge wie dem, der in Grouillard angelegt war, geht zudem immer und ausnahmslos ein gewisser, wie sollen wir sagen, Größentaumel einher. Wenn die kleine Grouillard die Straße betrat, dann saß sie oft stundenlang im Licht der Hauseingänge von Palais, die kleinen Arme still zur *Attitude Devant* erhoben. Wenn sie sich zwischen den Kindern bewegte, die sich mit ihren schmutzigen Gesichtern so ähnlich sahen, dass Grouillard – ein schmutziges Kind wie andere – nicht auffiel, dann verbissen sich die anderen Kinder um sie in ihren Ärmeln und rissen sie am Haar, aber weil Grouillard kein Kind wie die anderen Kinder war, wehrte sie sich nicht. Sie schloss stattdessen die Augen und verfolgte den Schmerz in sich. Achtete auf den Moment, in dem der Zug an ihrem Haar sich in einem reißenden wilden Geräusch verwirklichte und sie die Augen öffnen konnte, um zu fühlen, wie die schwarze Strähne auf das Pflaster der Straße fiel. Der Schmerz und die Straße gehörten Grouillard. Jedes Wort, das der Ruß auf die Fassaden geschrieben hatte, gehörte ihr. Die Zeichen, sie jagten ihr Angst ein, eine fast noch größere Angst als die Kinder um sie herum, doch Grouillard konnte nicht anders, als ihnen zu folgen. Die Zeichen und das Licht, sie waren überall. Wenn es stürmte und donnerte in Palais, dann war Grouillard verliebt in diese Zeichen. Die Schriftzüge der Leuchtreklamen. Die zuckenden Lichter in den Hauseingängen. Sie waren lebendig und sie gehörten ihr und den schwarzen Vögeln, die mit klickenden Augen in den Trümmern saßen. Wenn dann endlich wieder ein Strommast in Palais zusammenbrach, dann stand Grouillard darunter und starrte hinauf, und wenn sie dann die Funken auf ihrem Gesicht spüren konnte und lächelte, dann war sie so eingenommen von den Lichtern, die sie über den Nachthimmel lodern sah, dass sie kaum merkte, wenn sich jemand zu ihr hinunterbeugte, sie an den Schultern packte und ihr ins Ohr zischte: »Sei still, unerträgliches Kind.«

Grouillard war, so erzählte man es sich hier in Palais, ein schrecklicher Spielgefährte. Wenn sie den anderen Kindern schöne Augen aus flüssiger Erde malte, wenn sie ihnen die Zeichen, die sie gesehen hatte, in elegant geschwungenen Buchstaben in den Matsch zeichnete, dann zogen die Erwachsenen ihre Kinder weg, und wenn sie dann laut zu singen begann, dann standen die Bewohner von Palais um sie herum mit vor Peinlichkeit verzogenen Gesichtern. Einmal hatte Grouillard gesehen, wie eine Küche zwei Straßen hinter der Hütte ihrer Eltern in die Luft gegangen war. Grouillard wusste nicht, was es war, aber jemand hatte das Wort Nitroglycerin gesagt. Grouillard mochte das Wort. Es musste sehr schwierig sein, mit Nitroglycerin zu kochen, hatte Grouillard überlegt. Ihr gefiel aber der Gedanke, Hunderte Explosionen in Löffeln und in Töpfen zu kontrollieren. Doch die Erwachsenen sagten ihr, dass es unmöglich sei, mithilfe von Explosionen zu kochen, und dass sie still sein solle. Sie verdrehten die Augen, wenn sie dann Grouillard sahen, wie sie an der Straßenecke stand und in die Küchen starrte. Wenn sie Löcher in ihr

Kleid riss, um explodierter auszusehen. Wenn sie nur davon sprach, was ihr gerade durch den Kopf ging, denn niemand hier konnte so eine Art zu sprechen ertragen. Dieses Kind war ein Verbrechen, so ergriffen von seinen eigenen Gedanken.

Wie das Schicksal unserer Heldin es wollte, war es aber so, dass die Menschen, die hier im Rouge lebten, zu den wenigen Menschen überhaupt gehörten, für die ein großes Maß an Leidenschaft zu ihrem täglich Brot zählte. Hier, zwischen Kanonen, die sich in die Dunkelheit rissen, schminkeverschmierten Perücken und glückverzerrten Gesichtern fühlten die Menschen sich von Grouillards Anblick nicht abgeschreckt. Im Gegenteil. Saß sie so auf dem Souffleurkasten, die Hände in die Hüften gestemmt, die Finger schnell und wendig zu ungelenken Gesten formend, dazwischen das schwarze Haar, das sie energisch von einer Seite zur anderen warf, dann folgten die Tänzerinnen ihr mit verschlafenem und doch aufmerksamem Blick. Etwas in ihren Augen sagte ihr, dass sie einen Nerv getroffen hatte. Und Grouillard fühlte sich zum ersten Mal in ihrem Leben zu Hause.

Nun war dieses Zuhause aber im Begriff, zerstört zu werden. In diesem Moment hebt ein Mann einen Stuhl an, um ihn Richtung Orchestergraben zu werfen, ein anderer kommt angerannt und reißt den Ersten am Ärmel, und die beiden stürzen sich vor Grouillard mit den Köpfen ineinander. Grouillard sah auf die beiden Männer hinab, die nun sich vor ihr auf dem Boden wälzten. Man darf nicht vergessen, dass Grouillard wirklich traurig war wegen Rossignol. Aber es war unmöglich, mit diesem Gefühl jetzt etwas anzufangen, denn ein furchtbar wütendes Geschrei hallt durch das Rouge. Grouillard war angewidert von der Szene: Der eine Mann, der den anderen nun in den Schatten einer der Galerien gezerrt hatte und ihn mit der ganzen Kraft seines Körpers gegen die Wand drückte. Grouillard zwang sich, von der Szene wegzusehen und starrte nun auf einen Haufen verkohlter Holzstücke, die vor ihr irrwitzig aus dem Parkett ragten.

Was nun geschah, ist schwer nachzuerzählen. Aber es ist vielleicht auch nicht wichtig, in welcher Reihenfolge, die Dinge geschehen sind, denn kein Mensch, der hier anwesend war, wäre in der Lage gewesen, in dem bebenden Ziehen der Stimmen zu allen Seiten überhaupt einen Unterschied zwischen den Schlägereien und den sich dazwischen ereignenden Geschehnissen in ihrer richtigen Reihenfolge auszumachen. Während der eine Mann dem anderen, das nimmt Grouillard aus dem Augenwinkel wahr, als wären ihre Sinne geschärft, nun ins Gesicht fasst – er flüstert ihm etwas Schreckliches ins Ohr, und Grouillard kniet sich, um nicht hinzuhören, auf den Boden und zieht eines der Holzstücke heraus.

Die Dunkelheit der Straße fällt durch die ausgerissenen Wände auf Grouillards Körper, der nun über das Parkett gebeugt ist. Das Haar fällt an ihrem Gesicht herab, und sie zeichnet, ohne aufzusehen, eine dunkle, aschefarbene Linie auf den Boden. Sie zeichnet so lange, bis wir langsam ein Bild erkennen können. Es beginnt an einer dunklen verwischten Stelle, der Ursprung, in der Mitte des Parketts in einer Windung. Formt sich in von dort ausbrechenden Kreisen zu einer Rose. Die dicken schwarzen Linien bedecken nun fast den ganzen Saal. Grouillard hatte sich etwas aufgerichtet, um ihr Bild zu betrachten. Sie kniete nun. Das Bild gefiel ihr, und sie selbst gefiel sich darin. Wenn sie die schwarzen Bewegungen der Linien ansah, dann war ihr, als würden sie sich wie ein Kleid um sie legen. Grouillard spürte den Schatten der verkohlten Decke auf ihrem Gesicht. Sie sah hinauf, wo die Sterne durch das Dach hindurch weit entfernt zu sehen waren, und sie glaubte, von irgendwo, vielleicht aus den obersten Stockwerken, das Glissando eines Klaviers zu hören. Als sie wieder in den Raum sah, liefen die Menschen über ihr Bild hinweg und verwischten es schon mit den Schuhen. Von oben auf den Galerien fielen Gegenstände auf den Saalboden herab und zerbrachen.

»Ts, ts, ts« – Grouillard blickte auf. Der Blick des Mannes, der neben ihr stand, war hyänenartig. Er stand mit offenem Mantel auf ihrer Zeichnung und sah verächtlich auf sie hinab. Seine Augen flogen unstet über ihr Kleid hinweg, und Grouillard glaubte nun, dass es der Mann von vorhin war, der den Stuhl geworfen hatte, doch weiter konnte sie darüber nicht nachdenken, denn der Mann war schon auf sie zugetreten, packte sie entschlossen an den Haaren und zog sie auf die Beine, doch noch in der Bewegung verhärtete sich sein Gesicht zu einem verirrten Ausdruck, er ließ Grouillard los, taumelte ein paar Schritte zurück, griff mit den Armen in der Luft umher, während er auf die Zeichnung starrte, und schrie dann plötzlich, wie angegriffen, auf. Dann rannte er, seinen Hut mit beiden Händen auf den Kopf drückend, aus dem Saal.

Grouillard wusste nicht, was geschehen war. Die ganzen Menschen hatten nun unterbrochen, was sie taten, und sie alle standen nun starrend um ihre Zeichnung herum. Grouillard fühlte ein angenehmes Ziehen in der Brust, so plötzlich Zentrum der Aufmerksamkeit geworden zu sein. »Was soll das sein, was Sie da gezeichnet haben?« Ein anderer Mann, den Grouillard nicht kannte, stand nun vor der Zeichnung. Sein junges Gesicht klaffte in Unglauben. »Was soll das sein?« Er schrie jetzt und wurde puterrot im Gesicht. Sie alle schrien jetzt. »Eine solche Schweinerei!« Der Mann sammelte Spucke in seinen Wangen, die er in einer dramatischen Bewegung im Mund herumwirbelte, bevor er sie Grouillard in einem kräftigen Schmatzer vor die Füße spuckte. »SCHWEINE-REI!«, schrie er noch einmal, dann rannte auch er gemeinsam mit der ganzen Menschenansammlung aus dem Saal.

Nur langsam war die Belegschaft aus dem Orchestergraben hervorgekommen. Erst nach einer Weile, als sie sich den Staub aus den Haaren geschüttelt hatten und auch die Tänzerinnen vorsichtig vom Dach herabgekommen waren, war erst leiser, dann immer lauter werdender Applaus losgebrochen.

»Was ist das für ein schönes Bild?«, fragte ein Mädchen, das vor ihr stand.

»Es ist aus meinem Kopf«, sagte Grouillard und lächelte eitel.

Und das Mädchen lächelte sie ehrfurchtsvoll an.

Noch in derselben Nacht war es beschlossen worden. Die Managerin hatte ihren Posten ganz freiwillig geräumt. Wer es bis jetzt nicht ahnt, der weiß es nun: Unsere Grouillard war als fähigste Streitschlichterin, als meisterhafte Problemlöserin, die im Augenblick des größten Wahnsinns noch die Nerven behalten hatte, zu nichts anderem auserkoren worden, als die neue Anführerin des Rouge zu werden. Die Belegschaft hatte Grouillard auf den Schultern hinauf ins Turmzimmer getragen, wo man die ganze Nacht lang ihren Namen gerufen hatte.

Doch der letzte Champagner ist nun verschüttet. Die letzte Luftschlange ist über ihren Schultern niedergegangen, und wir sehen Grouillard, wie sie alleine auf dem Boden ihres Zimmers sitzt. Als die Belegschaft vor ihr gestanden hatte und die Managerin selbst, eine hagere Frau mit bräunlichem, weichem Haar ihr die Hand gereicht hatte, hatte Grouillard nicht anders gekonnt, als zu akzeptieren. Natürlich war das etwas, das sie gewollt hatte. Sie hatte zumindest etwas gewollt, und das hier war etwas, doch Grouillard kam nicht umhin, den kleinen Schmerz, den sie so beiläufig spürte, wie man eine winzige unerwünschte Fliege spürt, in sich wahrzunehmen.

Auch wenn Grouillard es nie auszusprechen, es nicht einmal ganz zu Ende zu denken gewagt, geschweige denn ein Wort darüber verloren hätte, war sie doch insgeheim all die Jahre davon ausgegangen ... Grouillard starrte hinaus in die Nacht, in der die Sterne heute besonders grausig schimmerten, und hörte einzelne tierartige Schreie hinter dem Vorhang. Es wäre ja niemand außer ihr hier, wenn sie ihre Lippen im Spiegel betrachtete. Grouillard blickte in das Fenster, in dem sie sich nun sehen konnte, wie sie – die Spiegelung ihres schwarzen Haars, das ihr schwer über die Schultern fiel – auf dem Teppich saß. Die Voraussetzung für das Glück einer solchen Einsamkeit wie dieser hier war doch, dass sie in dem Moment wahr werden würde, in dem sie auf die Bühne trat, durch den Vorhang vor der schweigenden Menge, über der das Licht den Ausdruck fing, den sie mit sich geübt hatte! Grouillard atmete schwer. Sie blickte die verschwommene Fläche ihres Gesichts an und dachte, wie hübsch es doch sein konnte. Dieses Gesicht, dachte Grouillard, würde sich nie in einem einzelnen Blick, in einem einzelnen Gespräch einlösen. Nein, es konnte nur in diesem einen Ausdruck existieren, wenn Grouillard ihn in die schreiende Menge projizierte.

Aber das waren nur Fantasien.

Abend um Abend hatte Grouillard die vergangenen Monate über mit ins Licht geneigtem Kopf und verschränkten Fingern hinter dem Rücken in der Menge gestanden, auf den Moment hoffend, in dem jemand seine Hand nach dem Souffleurkasten ausstrecken würde, um sie auf die Bühne zu ziehen. Dort oben, geblendet von dem flutenden Weiß der Scheinwerfer, hätte sie nur ihr Gesicht ins Publikum drehen und den Träger ihres Kleides sanft lösen müssen, um den Gästen einen schmerzlich erlösten Schrei zu entlocken, mit dem ihre Zukunft für immer besiegelt gewesen wäre. Doch ganz entgegen der für Grouillard so stark fühlbaren Sicherheit über ihre eigene Bestimmtheit zu Nacktheit und Größe war nichts dergleichen je geschehen.

Grouillards Stolz war zu groß, als dass sie es gewagt hätte, einfach zu fragen. Auf die Bühne gehört, wer entdeckt wird, wessen Ruf der Gesang des Publikums von alleine folgt. Dessen war Grouillard sich sicher. Auch der Nachtigall gehört der Applaus, weil sie erfreut, ganz ohne es zu meinen, nicht derjenigen, die winselnd nach der Aufmerksamkeit der Menge heischt. Vielleicht, dachte Grouillard im winzigen Aufblitzen einer Hoffnung, würde es irgendwann dennoch geschehen, doch im selben Moment biss sie sich auf die Zunge vor so viel Torheit. Grouillard verschloss die Hoffnung also in ihrem Inneren, wo sie mit der Zeit immer mehr verblasste und schließlich, zumindest allem Anschein nach, ganz verklang. Nach Grouillard verlangte man nicht mehr, denn sie war hier im Rouge das Mädchen für alles geworden. Längst war die Möglichkeit, sie zu sehen, wie man Rossignol gesehen hatte, erloschen. Denn Grouillard war kein Geheimnis mehr.

Grouillard war nun fest ins Turmzimmer in einem der obersten Stockwerke des Rouge gezogen, wo sie ab dem ersten Tag von warmem elektrischem Licht und freundlichen Tapeten umgeben war. Ab und zu trat sie von hier auf den Balkon hinaus, der sich zur Promenade hin öffnete. Dann reckte sie ihre Füße durch die Balustradengitter in den Wind und spürte die Tiefe des luftleeren Raums unter sich.

Grouillard war natürlich nicht die Einzige in der Geschichte dieser Stadt, deren Leben sich nicht in einer goldenen Kurve zu derjenigen Wirklichkeit gefügt hatte, von der sie als Kind geträumt hatte. Ja, den meisten Menschen, die sich dort unter ihr auf der Promenade entlang bewegten, war es ja ähnlich ergangen wie ihr, womöglich sogar genau denen, die in diesem Moment die Fassade des Gebäudes zu dem wacklig aussehenden Balkon hochblickten und Grouillards kleinen Fuß durch die Gitter hängen sahen. Doch davon wusste Grouillard nichts. Im Gegenteil: Es schien ihr, als sei das kleine üble Gefühl, das sie so kriechend überfallen hatte, persönlicher, ja organischer Ursache. Mit jeder Sekunde ballte es sich stärker zusammen, erfüllte ihren ganzen Körper mit einem furchtbaren Ziehen, das irgendwo – glaubte Grouillard – in ihren Gedärmen wurzeln musste und das sie immer nur für einen Moment abschütteln konnte, wenn sie die Arme in den grauen Himmel streckte und laut seufzte.

Trat sie zurück in ihr Zimmer, die Augen noch trüb vom Licht des Himmels, dann bebte sie regelrecht vor Abscheu gegenüber den Dingen, die vorgaben, die ihren zu sein: Das Bett. Die Teekanne daneben. Diese Girlande. Sogar ihre Hände, blickte sie auf sie herab, waren nur zwei trockene Reben, die sich gegen sie verschworen hatten. Grouillard schlief schlecht und traumlos. Morgens wachte sie mit nassem Rücken aus dem dumpfen Ersticken, das ihr Schlaf war, auf und warf sich aus dem Bett. Dann griff sie nach dem Megafon, das sie für den morgendlichen Weckruf brauchte, und torkelte noch benommen von etwas, an das sie sich nicht erinnerte, durch die Gänge. Während sie so durch das Gebäude lief, dröhnte ihre eigene Stimme ihr blechern und trötend nach. Alles, so schien es Grouillard, war von einer neuen Dunkelheit besiedelt. Auf den Gängen und in den Zimmern blickten ihr die prachtvollen Wandtäflungen allzu hölzern entgegen. Hilflos waren sie in irgendeine Form geschliffen worden, für die sie sich nie entschieden hatten, und nun waren sie erstarrt, ihre Türen aufgedehnt, wie gestorbene, mit Gewalt haltbar gemachte Flügel. Selbst das samtige Schimmern der Bühnenvorhänge und die kunstvolle Verdorbenheit der Lampenschirme und Bordüren, die Grouillard so zu lieben gelernt hatte, erschienen ihr in diesen Tagen matt und verschattet, ja, sie verlor sogar ganz und gar das Auge für sie. Stattdessen hing ein neuer Geruch von etwas Faulem schwer unter den Baldachinen, unter denen die plötzlich insgesamt fleischiger aussehenden Tänzerinnen vor Grouillards Augen kreiselten. Dazu waren zu allen Seiten rostige Dachrinnen aufgetaucht, in denen zerrupfte, sterbend aussehende Vögel sich ungelenk paarten. Ja, in Wahrheit, dachte Grouillard, wenn sie durch die Fenster auf die blasse Weite der Dächer hinaussah, war die Welt bloß grau und bestand aus nichts als ihren Einzelteilen.

Einige der Tänzerinnen hatten Grouillards Porträt gerahmt. Sie hatten es im Foyer neben den Treppenaufgang gehängt. Grouillard fand, wenn sie daran vorbeilief und sich darin blass spiegelte, dass sie darauf irgendwie ernster aussah, als sie selbst sich immer vorgestellt hatte.

Doch etwas daran musste wahr sein: Die Tänzerinnen machten Platz um sie herum, wenn sie sich durch die Gänge bewegte. Ihr Haar trug sie nun ordentlich mit schweren goldenen Nadeln zusammengesteckt.

Wenn sie vor den Orchestergraben trat, hoben sich die Köpfe nach ihr. Man hörte ihr zu, wenn sie sprach. Man achtete auf ihre Schritte. Doch mit jedem dieser Blicke, in denen Grouillard sich fing, wurde der kleine Fleck unter ihrem Kleid nur dunkler und fester.

Wir spüren an dieser Stelle, dass Grouillard sich einer Traurigkeit näherte, die wir nicht aufhalten können. Grouillard war doch immer ein fröhlicher Mensch gewesen. So viel lässt sich sagen. Man liebte sie dafür. Man liebte sie für alles. Das war wirklich so. Man liebte sie für ihren Blick und ihren Gang und für die Art, wie sie mit den Wimpern flackerte. Man liebte, wie sie sich durchs Haar fuhr, ja, man liebte sogar, wie sie aß. Doch Grouillard spürte das Mitgefühl nur arglistig auf sich ruhen. Man sah sie wohl gerne an, dachte Grouillard. Sie war ein gutes Mädchen in einem schönen Kleid.

❦

Der Belegschaft des Rouge konnte man es nicht verübeln, dass sie zwischen all der Traurigkeit ein wenig Abwechslung durchaus begrüßte. So betrachtete man den jähen Arbeitseifer, den Grouillard entwickelt hatte, nicht als Symptom, sondern nahm ihn im Gegenteil erleichtert in Empfang. Ja, zum Erstaunen und zur Begeisterung der Belegschaft und des Publikums war

Grouillards Getriebenheit in der Lage, Berge zu versetzen. Wenn man morgens früh aufwachte, dann konnte man Grouillard bereits dabei beobachten, wie sie in der Dunkelheit des Gangs vor ihrer Zimmertür stand. Dann stampfte sie ein paar Mal auf, bevor sie nach dem Megafon zu ihren Füßen griff und zugleich einen steifen Morgendrill in die Heizungsrohre brüllte.

Ja, wenn man Grouillard so sah, wie sie an den Abenden auf dem Souffleurkasten hockte, dann hätte man meinen können, einen kriegerischen Ausdruck in ihren Augen zu entdecken. Sie schwenkte die Finger schnell und streng im Takt der Musik hin und her, und kein noch so bezaubernder Ausdruck der Tänzerinnen schien ihrem störrischen Instruktionen zu genügen. Es schien, als wollte sie die tiefste eingeschlossene Wut in den Körpern der Tänzerinnen in ihren strahlend-möglichsten Lächeln ausgedrückt sehen. Und obwohl die Tänzerinnen sich beklagten und eine körperliche Erschöpfung nach der anderen sich zeigte, brachte Grouillards neue Verbissenheit dem Rouge eine schwindelerregende Aufführung nach der anderen ein, vor denen das Publikum sich unkontrollierbar in Applaus und Tränen ausschüttete. Grouillard saß dann da, das Kinn auf die Hand gestützt, korrigierte gemächlich den Sitz ihrer Krawatte und nahm den Applaus so teilnahmslos hin wie das dankbare Jammern von Welpen bei der Fütterung.

❦

45

Es ist nun einige Zeit vergangen. Wir sitzen auf dem Dach des Rouge, über dem sich mittlerweile dunkle Sommerstürme zusammengebraut haben.

Von draußen erleuchtete das Blitzlicht immer wieder Grouillards Gesicht, die sich in ihrem Zimmer auf dem Boden wälzte. Grouillard konnte sich nun nicht mehr gegen die feuerwerkartig auftretenden größenwahnsinnigen Schübe, die in ihr aufstiegen, wehren. Etwas weckte sie nachts auf, eine Idee für ein neues Stück, eine Pose, die sie noch nicht in Wirklichkeit gesehen hatte, die sich in ihren Geist verbiss und über Stunden in ihr wütete wie ein Bullterrier in einer toten Ratte.

Doch an diesem Morgen erwachte Grouillard mit einem ganz klaren Klingeln in der Stirn. Sie spürte etwas Neues, ein Leuchten! Wir sagen euch, was Grouillard geträumt hat.

Igorie

Igorie war Grouillard zum ersten Mal bei einer Versammlung im Foyer des Rouge aufgefallen. Sie war größer als die meisten anderen Tänzerinnen, die sich in die Enge des Foyers um den Kamin gedrängt hatten. Grouillard hatte sie von hinten betrachtet, wie sie in dem steifen schwarzen Spitzenkleid vor dem Feuer stand und die Glut beobachtete.

Igorie hatte grimmige blitzende Augen, große erdartige Hände und die besonderen Bewegungen eines Menschen, der einem jederzeit ins Gesicht beißen könnte. Sie war schön und bösartig, und nun, da Grouillard so ergriffen von ihrer Idee war, brach auf einmal alles in ihr los und verdichtete sich zu einem Vorhaben, das das einzige war, an das Grouillard noch denken konnte: Seit Rossignol das Rouge verlassen hatte, fehlte ihm sein Kern. Niemand hatte Rossignols Platz einnehmen können, niemand wäre auch nur ansatzweise in der Lage gewesen, das Publikum derart an sich zu binden, wie Rossignol es getan hatte. Doch nun konnte Grouillard es sehen. *Igorie. Die Bühne.* Das würde etwas werden. Nein, nicht etwas. Das würde die blitzendste, funkelndste Slutty Smutty Show werden, die diese Stadt, ja die dieser Planet je gesehen hatte!

Die beiden hatten wochenlang aufs heftigste geprobt. Igorie warf sich mit ihrem ganzen Gewicht auf die Bühne, und der Saal erbebte unter Grouillards Füßen. Wenn Igorie zu singen begann, dann war ihre Stimme so tief und lebendig, dass Grouillard nicht anders konnte, als innezuhalten und sie anzusehen. In manchen Szenen war Igorie sogar so eingenommen von ihrer Rolle, dass sie mit den Füßen scharrte, ihr Kleid raffte und zu den Bühnenseiten stürmte, wo sie mit den Händen an die Kerzenleuchter griff, um sie – ohne dass Grouillard sie dazu hätte anweisen müssen, es geschah alleine im Eifer ihres Spiels – aus den Halterungen zu reißen und wie funkelnde Kriegsbeute über ihren Kopf zu schleudern. In diesen Momenten konnte Grouillard sich kaum noch auf den Beinen halten, so sehr erfüllte sie der Anblick.

Ja, wenn wir Grouillard so ansehen, wie sie in ihrem Anzug am Bühnenrand steht, wie sie eine ihrer schwarzen Strähnen dabei so unbedacht durch die Finger wandern lässt, während sie Igories Körper betrachtet, der nun mit aller Inbrunst sich gegen den Souffleurkasten drückt, dann könnte man fast das Gefühl bekommen, Grouillard habe sich vielleicht verliebt.

Insgesamt sah all das ganz und gar glänzend aus, und umso erschütternder war es, als es schon nach kurzer Zeit erst zu kleineren, dann zu ganz und gar gravierenden Missverständnissen zwischen Grouillard und Igorie gekommen war.

Es hatte damit begonnen, dass Grouillard sich vorgestellt hatte, dass Igorie

L'AMOUR EST UN OISEAU REBELLE

mit geschlossenen Augen vorführte, aber Igorie bestand darauf, ihre Augen offen zu halten. Grouillard fand, dass es ganz unsinnig aussah mit geöffneten Augen, weil Igorie – aus für Grouillard unerfindlichen Gründen – eine Art Stierblick entwickelte, sobald sie dieses Lied tanzte. Sie stand dann mit gekrümmtem Rücken weit vorn am Bühnenrand und starrte mit viel zu offenen, bullenartig großen Augen da und sang beinahe ausdruckslos das Lied herauf und herunter. Grouillard hatte versucht, es Igorie vorsichtig zu erklären, aber die wollte nicht hören und starrte beim nächsten Mal bloß noch grausiger in den Saal hinein, bis Grouillard schließlich kapitulierte. Doch damit nicht genug. Aus diesem ersten Streit resultierte eine Reihe weiterer: Igorie war leicht kränkbar, hatte sie doch ihr Leben damit verbracht, ihren Körper unter viel Applaus einfach nur herzeigen zu müssen, und nun war sie von den Ideen, mit denen Grouillard sie überhäufte, ganz einfach überfordert. Unter miss-

lichen Umständen, die wir nun nicht weiter ausführen
wollen, war es schließlich dennoch zur Aufführung gekommen: Die besagte Stelle hatte Igorie mit geöffneten
Augen getanzt, aber auch schon davor war sie – auf die
falschen Stellen viel zu viel Betonung legend und teilnahmslos mit dem Kunstblut um sich spritzend – auf
der Bühne umhergestampft. Die Musik hatte zu allem
Übel auch noch mitten in der Gesangsszene ausgesetzt,
und so hatten die Zuschauer schon nach zwanzig Minuten begonnen, in ohrenbetäubendes Gebuhe auszubre-
chen, und hatten Igorie schließlich unter Geschrei und
Gebrüll von der Bühne gejagt.

Nicht einmal wir hatten es seinerzeit gewagt, in den
fünften Stock hinaufzusteigen, in den Grouillard in dieser Nacht geflohen war. Eine schwere Dunkelheit fiel
von dort bis auf die Gänge und noch in die Treppen-
häuser hinab und war für jeden, der die Stufen empor-
zusteigen wagte, zu spüren. Saß man unten in den An-
kleidezimmern zwischen den Tänzerinnen, dann glaubte man, die ganze Last des Gebäudes in den Gewölben
über sich zu spüren. Und lag man nachts in einem der
kleinen Zimmer in einem Stockbett wach und drückte
sein Ohr an die Wand, dann konnte man bis in die Morgenstunden hinein ein leises, schweres Schluchzen aus
den Heizungsrohren hören. Seit den Ereignissen hatte
niemand mehr ein Wort über das verloren, was geschehen war. Nur über Igorie hörte man es manchmal noch
flüstern, sie sei nach der Schande dieses Abends nackt,
nur mit einem gestohlenen Vorhang bekleidet, direkt
von der Bühne in die Dunkelheit gestürmt und habe

dort in einem grässlichen Laden in einer dieser Gassen hinter dem Rouge inkognito anheuern müssen.

Monate oder Wochen waren auf diese Weise vergangen, und man hatte schon alle Hoffnung aufgegeben, da stand Grouillard eines Morgens im Saal vor der Bühne, ganz so, als wäre nichts geschehen. Ihr Haar war von einem eigentümlich glänzenden Schwarz, und sie sah mit strengem Blick auf ihre Armbanduhr hinab und zog die Augenbrauen zu einem mahnenden, aber nicht unfreundlichen Ausdruck.

Grouillard, das sagen nun auch wir, hatte sich wirklich verändert. Die Wut, so schien es, hatte sich gelegt. Doch nun lag da etwas Kühles, Ungeduldiges in ihrem Blick. Sie trug ein schwarzes Kostüm und kugelförmige Perlenohrringe. Im Garten hinter dem Rouge ragte nun eine große Wasserspielanlage auf. Grouillard hatte neu investiert. Sie stand im Garten, im Schatten der Fontänen und verfolgte mit starren, neugierigen Augen die Tänzerinnen, die vergnügt darüber hinwegglitten. Sie wusste, dass sie sich daran erfreuten. Und je glücklicher sie waren, desto glücklicher waren auch die Gäste, und wenn die Gäste glücklich waren, dann war es auch Grouillard, die nun jeden Abend die Türen hinter sich schloss und die Kisten voller Bargeld zählte. Wenn jemand sie in diesen Tagen ansah, dann hob Grouillard den Kopf und fing den Blick. Verfolgte ihn, als würde sie ihn austreiben wollen. Es war ja nicht nur die Art, wie sie sie ansahen. Grouillard wusste, dass sie über sie sprachen. Ihre Worte waren Grouillard fremd. Nur leere Zeichen, die eine Welt erzählten, in der Grouillard doch nur allem Anschein nach lebte. Grouillard teilte das Rouge zwar mit den Menschen, doch sie war die Einzige, die sah, was es wirklich war.

❦

Das Rumoren der Menschen stach ihr grell in den Ohren, während sie an ihrem Glas nippte und die Münzen, die vor ihr auf dem Tisch lagen, blind zur Seite schob. Sie konnte hören, dass jemand hinter ihr ihren Namen sagte. Es war aber nicht ihr Name. *Rossignol,* dachte Grouillard, während sie dort saß, müsste ihr eigentlicher Name sein. Konzentriert bewegte sie die Sehnen ihrer Finger. Dieses vermaledeite Bordell.

Ein Luftzug fuhr durch das Foyer, und Grouillard bemerkte einen Mann, der soeben erst hereingekommen sein musste. Sein Haar war zerzaust und sein Anzug war unwahrscheinlich verstaubt, als sei er in einen Sturm geraten. Dazu flatterte er mit dem Mund, ohne etwas zu sagen, und deutete nur vorsichtig, als wüsste er nicht, wen genau er ansprechen sollte, mit dem Finger in Richtung des Ausgangs. Grouillard war zusammen mit der kleinen Gruppe neu angeheuerter Putti, die soeben für die Nachmittagsshow golden besprüht wurden waren, hinausgelaufen, um nachzusehen, was dort vor sich ging. Als sie die Straße betraten, konnte Grouillard nicht glauben, was sie da sah: Ein kümmerlicher Zug, bestehend aus kleinen, hässlichen Menschen, geduckte Körper, die mit Bannern bespannte Einkaufswagen vor sich herschoben, graue, zerfurchte Arme, die kleine

Wimpel trugen, und durch die Bank geschmacklos angezogene Kinder, die grauenvoll mit Rasseln lärmten, schob sich langsam und so unansehnlich, dass es Grouillard in den Augen brannte, über die Promenade hinweg. Grouillard verstand nicht, was oder wer diese Menschen waren, nur dass sie fehl am Platz waren, das war offensichtlich. Fehl am Platz und entsetzlich anzusehen. Grouillards Stirn verzog sich zu einer dunklen Verkerbung. Am liebsten hätte sie auf den Boden gespuckt. Sie würde sich aber nicht gehen lassen. Stattdessen ließ sie ihren Blick zwischen den ausgerissenen Krägen der besonders lumpig und miserabel erscheinenden Menschen am Ende des Zugs schweifen. Sie fuhr zwischen den Gesichtern herum, die ihr alle ähnlich nichtssagend und entsetzlich zugleich erscheinen, da plötzlich trafen sie zwei blitzende Augen. Das Herz gefror Grouillard augenblicklich in der Brust. Es waren Igories Augen, das erkannte sie sofort. Die Lippen, die voll waren, aber doch zerknittert wirkten. Die Gestalt, zu der sie gehörten, war abgemagert, ihr Gesicht das einer Irrenden, in deren Zügen nichts von der Grouillard so bekannten Kraft Igories zu sehen war, nein, ganz bleich war sie und sie wandte ihr Gesicht ab, bevor Grouillard ihr zuvorkommen konnte. Grouillard stürmte zurück ins Foyer und schlug die Luke zu.

Es war körperlich spürbar, das Anwachsen der Menge jenseits der Tore des Rouge in den nächsten Wochen. Durch die Fenster sah man Menschen, deren Gesichter Grouillard von Tag zu Tag wilder erschienen. Immer größere Schilder mit immer schlampiger aussehenden

Schriftzügen reckten sie in die Luft. Doch Grouillard harrte still in ihrem Zimmer aus. Sie hatte einen Entschluss gefasst: Keinen einzigen Gedanken würde sie an diese Menschen verschwenden. Unter ihnen hatte sie Gesichter erkannt, die sie schon einmal gesehen hatte. Dort hinten, in der Gegend hinter dem Rouge. Diese Gegend hatte Grouillard seit ihrem Weggang nur noch betreten, wenn es überhaupt nicht anders ging. Allein beim Gedanken daran fuhr Grouillard ein Zucken durch die Glieder. Noch immer waren dort nichts als Spelunken und anderer finsterer Schweinekram, der sie an die schweinekramige Existenz ihrer Eltern und das durchgesumpfte Sofa, auf dem sie ihr Leben gefristet hatten, erinnerten. Grouillard wollte nun wirklich nicht mehr an sie denken. Nur gegen das durchdringende Gefühl der Abscheu gegenüber dem, was diese Menschen da draußen auf der Straße taten, konnte sie sich nicht wehren. Wie verabscheute sie das Unglück derjenigen, die sich mit der Katastrophe, in die sie ihr Leben aus eigenem Antrieb gestürzt hatten, nicht abfinden konnten. So dachte es Grouillard, und dann dachte sie es noch einmal, diesmal noch wütender als zuvor. Ja, in Wahrheit war es nämlich so, dass jeder Gedanke, den diese Menschen aufbrachten, noch in ihren Köpfen als Idee verweste, bevor er je ins Leben trat. In Wahrheit, dachte Grouillard nun, hatten diese Läden sich doch vor den Sanierungen, die rund um die Promenade stattgefunden hatten, nur gedrückt, damit sie unbemerkt von allem in ihrem eigenen Elend vor sich hinrotten konnten, und da dachte Grouillard ein allerletztes Mal an die beiden Menschen, die ihre Eltern waren, und an das Sofa, auf dem sie in diesem Augenblick noch immer saßen.

Grouillard lag auf dem Boden, Arme und Beine von sich gestreckt, im Versuch, das Lärmen der Menschen draußen fortzumeditieren. Aus den Heizungsrohren hörte sie das blecherne Scheppern von Stimmen. Seit Wochen erzählte man sich nun alle möglichen Geschichten über die Vorfälle auf den Straßen, und obwohl Grouillard nicht hinhören wollte, kam sie doch nicht umhin aufzuschnappen, was man so tuschelte. Das Rouge hatte seine Kundschaft in den letzten Jahren mit neuer Kraft an sich gebunden, und so war es kein Wunder, dass man neue Gebäude in der Nähe errichten wollte. Dabei soll es jedoch Versuche gegeben haben, die Bewohner von Palais als Laienschauspieler für eine Show zu gewinnen, in der sie sich selbst spielen sollten. Diese Show würde die Geschichte der gesamten Gegend als Musical illustrieren – und schließlich aufgeführt werden zur Eröffnung des neuen Hotelkomplexes, welcher genau dort erbaut werden würde, wo jetzt noch die Wohnungen und Verschläge dieser Menschen standen. Das Musical, das auch den zum Termin der Eröffnung natürlich bereits verlorenen Straßenkampf gegen die Pläne der Großinvestoren und das tragische Schicksal der vertriebenen Menschen miteinbeziehen würde (das Schicksal jener Menschen, die zum Zeitpunkt der Aufführung bereits obdachlos wären und deshalb das Geld gebrauchen könnten) – dieses Musical also würde in ein trauriges Chorstück münden, das dann ganz am Ende der Show mithilfe eines Feuerwerks direkt in die Eröffnungsfeierlichkeiten übergehen würde.

Aus Gründen, die Grouillard nicht nachvollziehen konnte, hatten die Demonstrationen bald nationales Aufsehen erregt. Jeden Tag zogen nun mit Kameras ausgestattete Kräne an ihrem Balkon vorbei, die die Bilder der Menschenmassen, zu denen die Demonstrationen mittlerweile herangewachsen waren, um die Welt schickten, und Hubschrauber kreisten Tag und Nacht geräuschvoll über dem Gebäude, warfen Schatten über die Wasserspielanlage und verschreckten auch die allerletzten Kunden, die sich noch im Schutz des Gartens vergnügt hatten. Auch die Vorstellungen mussten eingestellt werden.

Es war schließlich Freitagnacht und das Rouge ganz verlassen. Ein trauriger Anblick, der nur von einzelnen Stößen warmer Luft durchbrochen wurde, welche die Tausenden Füße vor den Toren aufwirbelten, die durch die Ritzen der verbarrikadierten Fassaden des Bordells drang und einzelne Federn still verloren durch die leeren Räume treiben ließ. Das Wetter an diesem Abend war lau gewesen und die Nacht dunkel, und so war Grouillard trotz des Lärms vor den Fenstern früh unter ihrer Lichterkette eingeschlafen. Der Schlaf und der Lärm schienen schon ein und dasselbe dunkle Schwärmen geworden, als ein plötzlich hereinbrechendes, ohrenbetäubendes Geschrei und Gepolter, das nicht mehr der Schlaf sein konnte, Grouillard ins Bewusstsein riss. Grouillard rieb sich die Augen, hob sich aus dem Bett und trat vorsichtig in ihrem Nachtanzug auf den Balkon hinaus, um zu sehen, was da vor sich ging, als sie schon von einer maßlosen Wut ergriffen wurde. »L'enfer!«, dachte Grouillard auf Französisch, um Distanz zu dem Anblick zu gewinnen. Zweifelsfrei war nichts anderes als die Hölle dort unten auf der Straße losgebrochen. Der Geruch von Feuer und das Geräusch explodierender Silvesterknaller erfüllten die Nacht. Alles um Grouillard war ein einziges gellendes Lodern und Funken und Schreien. Die Straße war nicht zu erkennen vor den Menschenmassen, die sich, so weit das Auge reichte, über sie drängten, dazwischen standen Autos und Busse, die wie Inseln aus einer wirren Brandung aufragten. Manche davon brannten. Zu allem Übel hatte sich der Großteil der Menschen auch noch genau unter Grouillards Balkon zu einer dichten Ansammlung zusammengerottet. Um sie herum erkannte Grouillard eine Art Damm aus brennenden Fahrzeugen, hinter dem schwarz uniformierte Polizisten auf den Dächern großer Busse kauerten. Immer wieder flogen Flaschen und Steine aus dem umschanzten Bereich heraus, woraufhin Wasserwerfer antworteten, die sich grob über die Köpfe hinweg ergossen – die jedoch schienen, als seien sie unterhalb von Grouillard bisher größtenteils von jenen Dämmen aufgehalten worden, die sich stapelten bis fast unter den Balkon.

Grouillard wollte gerade auf der Stelle kehrtmachen, um sich einzuschließen und ein Bad zu nehmen, als jemand, genauer gesagt ein Kind, von dem Grouillard weder etwas sah noch etwas wusste, irgendwo in der Menge, mitgerissen von dem Gefühl des Umsturzes, das es umgab, die Dose Haarspray, die es in der Hand gehalten hatte, nun in eine Schleuder spannte, die es vom Boden aufgehoben hatte, und sie geradewegs in Richtung Nachthimmel schoss. Die Dose flog weit über die Köpfe der Menge und rotierte über die Häuserdächer hinweg, bevor die Schwerkraft sie einholte und sie hinabsausen ließ, bis sie ausgerechnet von Grouillards Hinterkopf, in dem Moment, da sie soeben über die Schwelle steigen wollte, aufgehalten wurde. Ein stechender Schmerz durchfuhr Grouillard. Blind vor Wut stolperte sie in ihr Zimmer und fiel dabei über das Megafon, das sie nun, als hätten die Gefühle mit dem Flug der Dose ihren Besitzer getauscht, ergriff, woraufhin sie, ohne nachzudenken, sich mit einer Hand den Hinterkopf haltend, wieder hinaus auf den Balkon stürmte und so laut sie konnte »Ihr verfluchten Teufelskinder!« in die Menge hinabrief.

Einige verdreckte Gesichter wandten sich aus dem Dunkel nach oben. Grouillard erkannte einzelne Paare nasser Augen, die ihr entgegenblickten. Einige Sekunden lang herrschte, abgesehen von einigen sich langsam wieder lösenden Zwischenrufen, Stille. Die Sterne funkelten über der Menge durch eine Wolke aus rotem Rauch. Grouillard fühlte, wie der Ärger in ihr durch ein anderes Gefühl aufgeweicht wurde, das sie nicht kannte und das sie erstarren ließ. Ein paar ungeduldige Rufe drangen von der Straße, als auf einmal einer der Polizeischeinwerfer in ihre Richtung rotierte und Grouillard blendete. Sie reagierte, mehr im Übersprung, mit einem Lächeln. Sie versuchte, mit der Hand die Helligkeit abzuwehren, und blinzelte in die Menge hinab, in der sie immer mehr Augenpaare erkannte. Stumm sahen sie in ihre Richtung. Grouillard spürte, dass sie noch immer lächelte. Sie erinnerte sich jetzt daran, dass sie ja ungeschminkt war. Bei den Regiesitzungen war es manchmal vorgekommen, dass sie kein Puder getragen hatte. Die Saalspiegel zeigten dann unerbittlich das Glänzen, das das Bühnenlicht, wenn es direkt von oben herabfiel, auf ihrem Gesicht erzeugte. Grouillard hatte deshalb angeordnet, die Spiegel nicht mehr putzen zu lassen. Das erinnerte Grouillard wieder daran, wo sie war. Das Licht, wie es jetzt auf Grouillard fiel, war warm und ließ sie nun auch noch schwitzen, wie sie da so stand und noch immer strahlend lächelte. Jemand von unten schrie irgendetwas. Es war vielleicht nur ein Impuls gewesen, irgendetwas zu antworten, denn Grouillard spürte auch, als nun das elektrische Pfeifen des Megafons aufheulte, wie die Wut noch immer in ihr wühlte, doch weil sie keine weitere Idee hatte, was nun zu tun sei, hob sie das Megafon erneut an die Lippen und gab einen einzelnen unentschlossenen Jubelruf von sich. Grouillard sah, wie ein Stein neben ihr an der Wand abprallte. Diese Menschen waren nicht zufriedenzustellen.

Die Menge, zunächst noch von Grouillards Ablenkungsmanöver agitiert, schien bereits wieder völlig das Interesse an ihren Versuchen verloren zu haben, also handelte Grouillard vollkommen geistesvergessen. Bestimmt und kurz entschlossen bediente sie mit dem Fuß, die Pose haltend, die Lautsprecheranlage, die auf dem kleinen Tisch neben der Balkontür stand. Dann holte sie Luft und drückte das Megafon mit ganzer Kraft an ihre Lippen. Das Glissando des ersten Takts schallte in ohrenbetäubender Lautstärke hinunter auf den Platz.

Grouillard schloss die Augen. Dann begann sie zögerlich zu singen:

Friday night and the lights are low
Looking out for a place to
Go.

Ein einzelner abgerissener Schrei klang aus der Menge.

Where they play the right music
Getting in the swing
You come to look for a king

Sie blinzelte in das Licht, das sich verändert hatte.

Anybody could be that guy
Night is young and the music's high

Bei dem kleinen Vibrato, das sie in ihr *high* legte, rasteten ein paar Leute in der ersten Reihe regelrecht aus. Grouillard hangelte sich weiter die Strophe entlang, machte eine kleine Pause, während deren sie die allgemeine Anspannung ausreizte, um tief Luft zu holen und in den Refrain zu stoßen:

You are the dancing queen
Young and sweet

Only seventeen
Dancing queen
Feel the beat from the tambourine

Plötzlich klang ein tiefes, aber ernst gemeintes *Oh yeah*
aus der Menge zu Grouillard nach oben. Die Stimme
kam Grouillard bekannt vor. Erst hatten nur Einzelne mitgesungen, jetzt alle. Ihre Stimmen vermischten
sich zu einem krächzigen Geschrei, das zu Grouillard empordrang. Eine innere Notwendigkeit ergriff
sie, die sich in ihrem Brustkorb zu einem kraftvol-
len Schauer verdichtete. Immer lauter sang Grouillard nun, und je lauter sie sang, desto weiter öffneten
ihre Lungen sich in die milde Luft der Nacht, und ihre
Stimme klang in ihrer eigenen Kehle unglaubwürdig
voll und tief nach. Grouillard erklomm nun die Ba-
lustrade, und die Nacht umschloss ihren Körper. Die
Musik verwandelte die Münder, die sich immer weiter aufrissen, und Grouillard ließ den Zeigefinger im
Halbkreis über den Platz wandern: *You, you and you*,
ja, sie meinte nun jeden von ihnen, der sie anstarr-
te, Grouillard starrte zurück und ihr Blick zersprang
über der Menge, die ihr nun mit vereinter Stimme

you can dance
you can jive

zurief.

Grouillard war zu ergriffen, um zu bemerken, dass
auch die Polizeischeinwerfer begonnen hatten, im Takt
zu *having the time of your life* um sie zu kreisen. Doch

60

spätestens als beim erneuten Einsetzen der Bridge und *see that girl, watch that scene, digging the dancing queen* jemand aus den Polizeifahrzeugen heraus Lichtraketen abfeuerte, die sich zu roten Schweifen über den Himmel zogen und die vor Glück zerklüfteten Gesichter der Menge unter Grouillard erleuchteten, verstand auch sie, dass etwas Großes im Begriff zu geschehen war. Etwas, das größer war als sie, größer war als dieser Moment, größer als alles, das sie kannte. Von weit unten her öffnete sich etwas, und ohne dass Grouillard auch nur einen Gedanken an irgendetwas, das sie tat, verlieren musste, nahm die Dunkelheit des Himmels ihre Stimme in Empfang. Es gab nun keinen Unterschied mehr zwischen Himmel und Erde. Sie war nicht mehr Grouillard. Sie war ein Werkzeug dieses Augenblicks. Sie war *die Königin der Nacht* dieser schreckenerregenden Aufführung, um die niemand gebeten hatte, für die niemand bezahlt hatte, die absolut nicht dem entsprach, was Grouillard sich vorgestellt hatte, und die doch das war, wonach all die Menschen, so fühlte es Grouillard, sich am Grunde ihres Herzens am meisten gesehnt hatten, so als wären sie nicht gleich, nein, als wären sie alle ein und dieselbe unerträgliche Sache.

Es waren die Bilder dieser Nacht: Igorie – ihre Augen glitzerten rot in der Menge – wurde von den Menschen auf den Balkon getragen, wo sie Arm in Arm mit Grouillard den Refrain sang, bevor die beiden mit vereinten Kräften abgeseilt wurden und nun – auf den Schultern der Polizisten sitzend, die mit den taktischen Lichtern ihrer Schussfeuerwaffen romantische Lichtspiele auf

den Boden und die Gesichter ihrer Eltern warfen –
den Zug anführten, der vom Rouge aus die ganze Stadt
durchquerte, und erst als Grouillard das Blut über ihr
Gesicht rinnen spürte, hört sie, was wir ihr sagen. Sei
still, Grouillard. Unerträgliches Kind.

Öffne die Augen.

ORAS TRAUM

Ich stehe auf einem schneebedeckten Feld, sehe hin zu einem Wald.

Ich glaube zu wissen, worum es sich handelt.

Durch das Gestöber kann ich seinen dunklen Rand sehen. Er ist verschwommen.

Ich durchkreuze das Feld, erreiche den Waldrand. Ein paar Schritte, und die Bäume nehmen mich ein. Die Weite des Felds ist verschwunden. Es ist ein Wald, ich kann in ihm schlafen. Der Boden ist warm. Dort wachsen rote Blumen.

Aber jetzt sehe ich Nebel. Er hängt tief zwischen den Bäumen. Die Nadeln sind trocken. Der Wald ist leer, und alles ist voller Waffen.

Ich sehe in den Schnee. Den Wald, am Ende des Felds.

Ich bin entkommen. Ich weiß nicht, wie. Ich schleppe mich leise blutend durch den Schnee. Dort ist das Dorf. Die kleinen Häuser, die kleinen Straßen, Fenster mit Licht. Ich kann von hier hinaufsehen zu den Häusern.

Ein paar Schritte tun. Vielleicht kann ich jetzt besser sehen. Vielleicht kann ich, vorsichtig, etwas erkennen, durch die nassen, dunklen Äste hindurch. Vielleicht kann ich in Städten sein. Ich werde Straßen entlanggehen unter einem Stück Himmel, das man zwischen den Häusern sieht. Vielleicht werde ich auf Teppichen sitzen, in Wohnzimmern sitzen. Ein Kleid tragen. Vielleicht kann ich etwas ganz Neues sehen. Es ist warm hier. Es gibt ein Fest, Menschen sprechen. Ich trage Ohrringe.

Ein dichter, dunkler Fleck ist hier in diesem Raum. Ich kann ihn sehen. Es ist der Wald, ein Bild: bloß ein dichter dunkler Fleck der Baumansammlung, auf einer Ansichtskarte. Sie hängt über dem Kamin zu meinen Füßen. Dort, wo jetzt tief unten das Holz zu Feuer brennt.

L'ŒUVRE

Nach einigen gescheiterten Ehen und einigen geplanten, aber nicht zu Ende gedachten Weltreisen lebte Patricia allein in einer Wohnung inmitten zerbrechlicher Dinge, die sie sich hielt wie etwas Lebendiges.

Ihr Leben lang war Patricia wunderlich schön gewesen. Zu ihrer eigenen Verwunderung und der der anderen. Mit der Zeit hatte Patricia sich an diesen Umstand gewöhnt. Wenn sie als junger Mensch über die Straße lief und den Blick eines Fremden auf sich spürte, dann erfüllte gar eine große Euphorie ihren Körper. Das Glück von neuen Strümpfen auf ihrer Haut ließ das Mädchen erstarken wie Wasser eine junge Pflanze. Das Spiel eines Ohrrings an ihrem Hals glich der Freude, die in ihr angesichts der Züge eines Gegenübers ausgelöst wurde, die unmerklich zuckten, wenn sie den Blick von der Tischplatte hob. Und auch als Erwachsene war Patricia stets tadellos angezogenen, sorgsam frisiert und hatte mit den Jahren alles Geld, das sie besaß, in ihr Gesicht investiert, sodass es auch heute noch von einer fast unglaubwürdigen Schönheit war. Wenn sie abends nach einem langen Tag allein vor dem Spiegel in ihrer Wohnung saß und eine Locke betastete, dann war da noch immer eine Freude, die kindlich war wie die, die man spürt, fällt einem die Sonne aufs Gesicht, oder der, sieht man eine Katze um eine Hausecke schleichen.

Vor einiger Zeit hatten die Verhältnisse begonnen, Patricia zu entgleiten. Sie hatte den Zeitpunkt sicherlich zehn oder zwanzig Jahre lang aufhalten können, doch das Licht der Sonne und die Stürme der Zeiten waren stärker als Patricias menschliche Konturen. Patricias Lider wurden schwer, ihre Wangen sackten ab, und die Frische, die ihren Blick noch vor ein paar Jahren getragen hatte, verschwamm. Krähen saßen nun auf den Straßenlaternen vor dem Gebäude, in dem Patricia wohnte. Ab und zu sah sie aus dem Fenster zu den schwarzen Augen der Vögel und ihren klickenden, wissenden Bewegungen, während sie hinter den feuchten, bald frierenden Fassaden im Dunkeln in ihrem Bett lag. Die Augen hielt sie offen und folgte ohne Anstrengung den bläulichen Lichtstreifen, die die vorbeifahrenden Autos an die Decke warfen.

Das Klingeln der Tür klang ihr sehr fremd. Es hatte bis zum dritten, vielleicht auch zum fünften Mal gedauert, bis Patricia es überhaupt als solches erkannt hatte.

Patricia zog ihren schmerzenden Körper auf die Beine, stützte sich auf ihren Stock und zog sich, ohne zu große Eile, den unbeleuchteten Gang entlang. Durch das Milchglas konnte sie eine Bewegung erkennen, und als sie mit schmerzenden Fingern den Knauf drehte und die Tür einen Spalt weit öffnete, sah sie schon das Gesicht einer jungen Frau, die mit ihren hellen Augen unschlüssig im schwachen Licht des Flurs blinzelte. Offensichtlich hatte die Frau sich in der Tür geirrt, doch das tat schon in diesem Moment nichts mehr zur Sache, denn sobald Patricia die Tür noch etwas weiter geöffnet und die junge Frau sie erblickt hatte, trat diese einen Schritt in den Gang zurück und brach in schallendes Gelächter aus. Patricia schlug vor Schreck die Tür zu und hörte doch durch sie hindurch die immer leiser werdenden Schübe des Gelächters und den Nachhall der sanften Schritte, bis auch diese ganz verebbt waren und sie nur noch das wattige Klopfen in ihrer Stirn hören konnte.

Patricia stand nun unbeweglich in dem nur vom Laternenlicht erhellten Schlafzimmer. Den Arm hat sie schon gehoben und berührte mit dem Finger das Tuch, mit dem sie den Spiegel verhangen hatte. Sie bewegte es vorsichtig mit dem Finger zur Seite, und das Bild fügte sich wie ein dunkler See vor ihr. Da war der rosafarbene Stoff des Bademantels. Und ihr Kopf, der wie eine vom Sturm zerwühlte Baumkrone daraus hervorragte. Ihr Gesicht konnte sie nicht erkennen, nur einzelne Züge, grob in eine Schlacht aus Papier gezeichnet. Außenrum das graue Haar, das wie ein starrer Heiligenschein zu allen Richtungen von ihrem Kopf abstand. Ihr Gesicht war viel größer, als sie es in Erinnerung hatte, und grobschlächtig wie von jemandem, der jahrelang tief unter der Erde gearbeitet hatte. Ihr Mund war klein und schmal, ein pustelroter Strich inmitten eines blassen, durchfurchten Geländes. Patricia verstand sofort, weshalb die junge Frau gelacht hatte. Eine ganze Zeit lang sah sie sich an, ohne etwas zu tun, dann bewegte sie die Finger zu den zwei tiefen Kerben, die sich links und rechts von ihrem Mund abzeichneten, und schob sie damit auf und ab. Sie hob die Augenbrauen, drückte die Wangen zusammen und stülpte die Lippen nach oben und unten um. Nun begann auch Patrizia zu lachen. Man konnte es noch bis in die Morgenstunden hinein auf der Straße hören.

❦

Die Nachmittagssonne fiel tief und rot auf die Stufen des Caféhauses, die Patricia sich, in einen blauen Pelz gehüllt, hinaufzog. Als man ihr die Tür öffnete, ließ ein Mann, der gerade im Begriff gewesen war, seinen Hut an der Garderobe im Vorraum aufzuhängen, ebenjenen fallen. Köpfe drehten sich und Stimmen flirrten umher, als Patricia den Saal betrat, aber erst, als sie die Mitte des Raums erreicht und ihren Schleier abgenommen hatte, verstummten die Menschen. Nach einem kurzen Moment der Ruhe brach erst ein einzelnes betretenes, dann schließlich markerschütterndes Lachen aus.

Dies war die erste in einer ganzen Reihe solcher Unternehmungen Patricias.

»Cherry Lady«, so nannte Patricia für sich selbst jene Szene, die sie mit Kirschkompott, welches sie mithilfe von Sekundenkleber im Haaransatz und großflächig auf ihren Wangen verteilt hatte, an diesem Tag präsentierte. Zu Beginn hatte Patricia noch mit Details wie dem expressiven Kämmen der Augenbrauen und dem Auftragen dicker, cremiger Farben in den Rissen und Abfahrten ihres Gesichts experimentiert. All das hatte sich ihr gewissermaßen aufgedrängt, und sie hatte schlicht nicht gewusst, was sie noch hätte abhalten sollen. Später war sie dann zu verschiedenen kleinen Manövern übergegangen, die schließlich in der Angelegenheit mit dem Kirschkompott gemündet hatten.

Eine weitere Erprobung, die ebenso gut Wirkung erzielte, war »Das Brathähnchen-Gesicht«. Es bestand aus sehr viel Bronzer. Dazu hatte Patricia ein kleines elektrisches Licht benutzt, um das Ergebnis ihres Aufwands zu beleuchten. Das Resultat war, das konnte man nicht anders sagen, fabelhaft.

Wenn Patricia ein Caféhaus betrat und bereits die Gesichter vor sich in Unsinnigkeit abgleiten sah, die bald schon in Zweifel und dann in Gelächter münden würde, dann erfasste eine innere Flattrigkeit sie, ein Schauer von Glück, ja, Bewunderung oder Gelächter – das eine schien vom anderen gar nicht wirklich unterschieden. Patricia hatte viele Bekannte. Als sie jung war, hatte sie Menschen aus der ganzen Welt in den Caféhäusern der Stadt getroffen. Und auch jetzt traf sie einige dieser Menschen, die allesamt von Patricias Veränderung belustigt waren. Über zahlreiche Essen hinweg amüsierte Patricia ihr jeweiliges Gegenüber mit der Ausgestaltung einer Linie, die von der Stirn über den Nasenrücken bis zum Kinn verlief und die sie mit goldener Farbe vertiefte, sodass sie wie eine Narbe auf ihrem Gesicht prangte und im Glanz der Kerze hold schimmerte. Eine Zeit lang waren diese Begegnungen für Patricia sehr erfüllend gewesen. Doch es dauerte nicht allzu lang, bis sich ein erster Überdruss abzeichnete. Ja, gerade die

Bekannten, die zunächst am herzlichsten über ihre abgeklemmten Wangen und die abgeschnittenen Haarsträhnen auf ihrem Nasenrücken gelacht hatten, waren es, die den Treffen mit Patricia immer öfter fernblieben und sie nun mit einem feierlichen Federgesteck auf der Stirn am reservierten Tisch sitzen ließen.

So ging Patricia nach einer Weile dazu über, Hüte anzufertigen. Die Hüte konnte sie einem Publikum auf der Straße zeigen, das sich als deutlich dankbarer erwies. Patricia experimentierte zunächst mit herkömmlichen Krempen, Federn, Broschen und etwas Plunder, doch schon bald wurde ihr auch damit langweilig. Eine Grenze hatte sie vielleicht überschritten, als sie mithilfe einer kleinen Drehscheibe und ausgestopften Geflügelteilen versuchte, einen Hahnenkampf auf ihrer Fedora darzustellen. Man hatte sie abgeführt an diesem Tag. Doch schon am nächsten Tag stand Patricia wieder auf der Straße, ein rotierendes Grablicht auf dem Haupt.

Die folgenden Jahre verbrachte Patricia vor allem auf Straßen- und Jahrmärkten, wo man sie walten ließ, doch nach einiger Zeit erlitt sie, vermutlich verursacht durch die winterliche Kälte, einen Bandscheibenvorfall, der sie an ihre Wohnung band. Es war die Gicht, die Patricia schließlich niederrang. Da sie nun keine neuen Hüte mehr herstellen konnte, war sie darauf angewiesen, die bereits vorhandenen an den Nachmittagen in ihren Fenstern zu präsentieren. Im letzten Licht des Tages wirkten die Hüte besonders eindrücklich auf die Menschen unten auf der Kreuzung. Einmal warf jemand eine Aprikose nach Patricia, doch das machte ihr nichts aus.

Patricia konnte sich bald nicht mehr am Fenster stehend halten. Der einzige lebendige Mensch, den sie nun noch sah, war die Angestellte vom Essen auf Rädern, die ihr das Mittagessen ans Bett lieferte. Die junge Dame war freundlich, aber für die Wimpernübungen, die Patricia mit schmerzenden Fingern und in den Kissen verriebener Mascara für sie einstudierte, hatte sie nicht nur kein gutes Wort übrig, ja, sie bemerkte sie nicht einmal.

Diese Dame war es, die Patricia an einem Sommerabend in ihrer Wohnung fand. Das Licht im Wohnzimmer war gedimmt, und Patricia hatte ihren Körper in dessen Mitte mit Wäscheständern und Stehlampen zu allen Seiten gestützt und beschwert, sodass er in ebenjener Form, in die Patricia sich schon im Sterben liegend mit letzter Kraft gerungen haben musste – den Kopf in anmutiger Pose und durch eine zusammengerollte Zeitung im Mund und unter dem Kinn gestützt, zu einem wohl in der Eile zusammengeworfenen Bouquet aus Essensresten, Seidentüchern und Parfümflakons hingeneigt –, auch noch nach dem Eintreten des Todes und der Erstarrung verblieb. Der jungen Frau und den später eintreffenden Polizisten und Sanitätern offenbarte sich bereits auf den ersten Blick die Schönheit dieser ohne Zweifel künstlerisch beeindruckenden Skulptur, die sich der Deutung der Anwesenden entzog, dem Betrachter aber keine Wahl ließ, als noch an Ort und Stelle vor Glück und vor Entsetzen zu weinen.

EN 452/453
PARIS-MOSKAU

Es ist wieder Winter und ich stehe auf einem Platz, in einer Stadt, irgendwo. Ich trage eine Fellmütze und der Schnee fängt sich in meinen Wimpern. Das macht ein Geräusch wie Kristall.

Eine Erinnerung. Nur dieser Moment, in dem ich alleine dort im Dunkeln stehe, im Dunkeln inmitten der elektrischen Flutbeleuchtung dieses Platzes, inmitten dieses Schnees, der nicht verweht, dann öffnet sich eine Autotür, eine Schwade Aftershave weht mir ins Gesicht und ich fahre einem Ort entgegen, den ich schon kenne. Derselbe Ort, dasselbe Zimmer, dasselbe Hotel. Es ist jedes Mal derselbe Ort, mit neuen Bettbezügen, neuen Lampenschirmen, neuer Wut in den Augen, nur ich bin jedes Mal eine andere.

MISE EN PLACE

Wenn ich hier sitze und hinaussehe, dann glaube ich, die Fassaden und ich, wir sind vom selben Schlag. Die Fassade des Gebäudes gegenüber, sie ist leicht rosa und der Putz grob gekörnt. Auf ihren Augenrändern sitzen weiße Geranien. Ihre Fenster sind hoch und staubig und hinter jeder dieser Sichtscharten hängt ein Vorhang. Als hätte man versucht, ihre Augen zu verhängen, die so unnütz offen in den Himmel schauen. Ab und zu spiegelt sich eine Wolke in ihnen oder ein fremdes Gesicht. Dann verschwindet sie wieder und man sieht in das Dunkel eines fremden Zimmers.

Meine Tante isst gerade einen Löffel Bœuf Bourguignon und ihre Augenbrauen glänzen federartig. Einfach so, denke ich, wurde die Fassade dort hingestellt. Als hätte man versucht, einen Eindruck von Freundlichkeit zu vermitteln. Als sollte etwas Friedliches auf die Straßen hinabblicken. Vielleicht würde sie sich lieber ganz bedecken. Unbemerkt in die Erde sinken und dort, abseits aller Blicke, schlafen. Vielleicht sogar träumen.

Über die Träume der Fassaden wissen wir nichts.

M. DELROUX II

In einem Buch, das meine Tante mir gab, als ich ein
Kind war, schleicht ein Mädchen in die Küche, um dort
aus einer Zuckerdose zu naschen. Jede Nacht tut sie das.
In der dunklen, hölzernen Küche blickt sie sich um und
benetzt ihren Finger mit der Zunge. Dann, auf dem
nächsten Bild, hat sie den Mund geöffnet, sie hält den
Deckel noch mit dem Finger nach oben – ihr Finger, an
dessen Kuppe jetzt der Zucker klebt –, auf halbem Weg,
ihn sich in den Mund zu stecken. Jemand hat ein Fenster hinter den Tisch gezeichnet, das blasses Licht auf das
kleine Gesicht des Mädchens wirft.

Auf den letzten Seiten des Buchs kehrt das Mädchen
wieder in ihr Zimmer zurück, nachdem sie aus der
Dose genascht hat. Sie beginnt zu husten. Dann wird
ihre Haut grünlich und sie dreht die Augen zum Himmel. Auf dem nächsten Bild liegt sie in ihrem Bett. Ihre
Augen sind nur halb geöffnet, und ihre ganze Familie
steht um ihr Bett herum und weint. Sie trägt nur ihr
Nachthemd, man kann ihre nackten Beine sehen. Noch
immer scheint der Mond von draußen auf sie herab. Die
Mutter hat das Gesicht in den Händen vergraben. Ein
Junge hält ihre Hand. Auf dem letzten Bild sieht man

einen blühenden Baum und ein Kreuz darunter. Das Mädchen ist gestorben. Statt des Zuckers war in dieser Nacht Gift in der Dose. Ich habe M. Delroux gefragt, weshalb jemand aus der Familie des Mädchens den Zucker mit dem Gift vertauscht habe, aber M. Delroux sagte nur, dass die Geschichte davon gar nicht handle.

CITY LIGHTS

Ich sitze am Place de Clichy und warte darauf, dass etwas geschieht. Doch es geschieht nichts, außer dass weit oben auf einer Leuchtreklame plötzlich große Buchstaben erscheinen:

LA LUNE

LA FORÊT

LA FORÊT

EST OBSCUR

AM WOLFGANGSEE

Diese Geschichte beginnt mit einer Frau, die so klein war, dass ihr Mann sie in der Art eines Handgepäckstücks zum Altar getragen hatte. Schon als Fötus hatte das Kind, das sie in sich trug, mehr Platz im Bauch eingenommen, als für ein gewöhnliches Kind vorgesehen war. Es wuchs deshalb im Mutterleib quer heran, sodass es von außen her aussah, als trüge diese kleine Frau ein dickes Baguette horizontal im Magen. Das war, wie man sich vielleicht denken kann, ein rechtes Spektakel in der Gegend um die Burg gewesen, damals.

Hier im Schwarzmurlgraben hatte man sich über Margarete Pichler nie Gutes zu erzählen gehabt. Diese Frau, die so ganz allein auf einer Burg lebte. Manchmal, in der Dämmerung, konnte man sie von den Wegen am Graben aus sehen, wie sie oben auf den Burgmauern stand. Ihr Kleid flackerte dann finster im Wind und ihr schwarzes Haar wirbelte hinterher, und ihr Blick, der suchte etwas Unbestimmtes in der Ferne. Die Menschen im Dorf wussten nicht, was Margarete Pichler dort auf den Burgmauern zu tun hatte, so spät in der Nacht. Nur dass ein Mensch, der so ungeheuerlich auf einer Mauer steht und immer bloß schaut, nur Böses suchen kann, dort in der Ferne, mit dem Blick, dessen war man sich sicher.

Es verwundert also kaum, dass man an dem Morgen, an dem Margarete Pichler unten im Dorf aufgetaucht war, die Münder aufriss. Sogar fortgelaufen waren einige. Diese Frau konnte einem auch Angst machen, wie sie so dastand, im strömenden Regen, mitten auf der Straße, und einfach geradeaus sah. Ihr Blick war durchdringend und erwartungsvoll zugleich. So hatte sie den ganzen Tag über und die ganze Nacht gestanden, während die Menschen mit regenverzerrten Gesichtern und verächtlichen Blicken an ihr vorübergingen, so ging es sehr lange, bis plötzlich jemand vor ihr stehen blieb. Den sah Margarete dann lange von unten an. So im Regen. Nach jenem Tag hatte man den Mann im Schwarzmurlgraben nicht mehr gesehen. Das Nächste, was man wusste, war, dass Margarete Pichler schwanger war.

Es war Nacht auf der Burg, es stürmte und blitzte. Eine Hebamme, die man hier im Schwarzmurlgraben noch nie gesehen hatte, stand mit großen, wilden Augen und schaufelartigen Händen, über die gerade das Kerzenwachs schmolz, neben dem Bett, in dem Margarete lag. Trotz des Gewitters waren einige Menschen aus dem Dorf heraufgekommen, um sich auf den Burgmauern vor den Fenstern zu versammeln. Ängstlich, aber doch arglistig, schaulustig pressten sich die Gesichter an die Fenster des Zimmers, auf ein großes allgemeines Unglück hoffend. Bald war von überallher ein schreckliches Jammern zu hören, denn nach all den Stunden, in denen die Menschen schon dort gestanden hatten, hatten sie ihre bösartige Schaulust bald vergessen und waren stattdessen mitgerissen von den Kämpfen der kleinen

Frau in diesem großen Bett. Margarete Pichler kämpfte, sie kämpfte und schrie, während der Regen noch immer unaufhaltsam auf die Burg hinabstürzte, und da griff die Hebamme mit ihren Fingern noch einmal nach dem Kind, das sich – vielleicht durch die überraschende Zärtlichkeit der Berührung – zu einer letzten unerwarteten Bewegung wendete und sich so in Margarete Pichler drehte, dass diese erstarrte, das Kind mit einem weltumfassenden Schrei aus ihrem Körper entließ, in sich zusammenfiel und starb.

Es war still gewesen in der Burg und vor den Fenstern. Nach einer Weile, in der es so ruhig gewesen war, machte jemand ein Geräusch in diese Stille hinein. Vielleicht waren es zwei Knöchel, die aneinander rieben, vielleicht eine Hand, die zur Hosentasche fuhr. Dieses Geräusch nahm die Hebamme zum Anlass, eine Frage in der Stille zu finden und diese zu beantworten mit: Nelly. So hatte man dem Kind einen Namen gegeben.

Seit Margaretes Tod lebte der Vater mit dem Kind allein in der Burg. Es hatte im Dorf immer viel Gerede um Margarete Pichler gegeben, auch wenn man das Wort – *eine Romantikerin* – hier im Schwarzmurlgraben nie benutzt hätte. *Romantikerin*. Wenn man so ein Wort hier auf der Straße sagte, dann klang es nur unverständlich wie ein stumpfes Kauen aus einem Pferdemaul. Man muss vielleicht noch etwas mehr zu dieser Gegend sagen, die man den Schwarzmurlgraben nannte, damit man Nellys Geschichte folgen kann:

Lebte man in dieser Gegend, dann war man, wie soll man es beschreiben, wohl oder übel ein Mensch, der mit dreckigen Fingern in der Erde grub. Ein Mensch, der mit dem Gesicht nach unten schlief. Diese sonderbare Furche, deren Häuser und Äcker so ungünstig in die Landschaft eingegraben waren, nannte man nur behelfsweise ein Dorf, denn ein Dorf hat ja etwas Malerisches an sich, etwa weil man zwischen den Häusern hindurch auf die Felder sehen kann oder weil die Wolken über die großen freien Himmelsflächen über die Ställe ziehen. Der Schwarzmurlgraben jedoch hatte nichts dergleichen aufzuweisen. Zu beiden Seiten hoben sich die Wände des Grabens so weit in die Nacht hinauf, dass man überall um sich immer nur Dunkel sah. Seit Jahrhunderten hatte man hier unten keine Sterne gesehen. Vom ungesicherten Hang der Burg rann in den Nächten dazu der Matsch in Strömen hinab, sodass man auch nicht dazu kam, nach oben oder überhaupt irgendwohin zu sehen, ohne Gefahr zu laufen, sich in die Pfützen zu werfen, und jeder Schritt hier machte ein so batziges Geräusch, dass im Schwarzmurlgraben noch nie ein einziger Mensch geflüstert hatte. Man kann es den Menschen also nicht übelnehmen, dass sie eine Frau wie Margarete irgendwie verachteten. Man legte hier ganz einfach keinen Wert auf Liebesgedichte und Sternenglitzern. Vielmehr hatte man von derlei noch nie gehört. Wenn jemand hier dazu kam, etwas anderes zu fühlen als seine Schuhsohlen unter den Füßen, dann lief er hinaus unter den freien Himmel, über das Feld und bis zum Waldrand, wo der Bach vor sich hin krachte, und dort schlug er sein Gefühl mit dem Kopf ganz einfach in den Stein.

So wie Nellys Mutter für das Dorf, in das sie geboren worden war, immer eine Fremde gewesen war, so war auch Nellys Vater für die Leute ein undurchsichtiger Mensch gewesen, über den sich nichts Besonderes sagen ließ, auch wenn man sich das vielleicht wünschen würde. Was sich aber sagen lässt, ist, dass jemand, der inmitten von so viel Wald und Nacht plötzlich vor einem so kleinen Menschen wie Margarete stehen bleibt, nicht gänzlich böse sein kann. Dass man sich verlieren kann bei einem solchen Anblick, das kann man verstehen. Und dass man dann nichts für das, was dann geschehen würde, konnte, das auch. Denn wie hätte Nellys Vater ahnen können, dass Margarete Pichler nur klein war, sah man sie von oben an. Lebte man aber mit ihr auf einer Burg, in einem Zimmer, saß man mit ihr an einem Tisch, schlief man mit ihr in einem Bett, dann war Margerete immer doppelt so groß wie man selbst. Das hatte niemand wissen können. Wie Margarete dann schauen würde am Morgen. Dass Margarete dasitzen würde, die Ellbogen aufgestützt, ohne Ende Suppe in sich reinlöffelnd. Wie diese kleine Frau in der Lage war, den Raum zu verschatten, wenn sie ihn betrat. Wie sie mit ihrem schwarzen, dichten Haar und in ihrem seidenen Morgenmantel im Türrahmen stand und wie sie dann mit ihren Fingern zu dem glänzenden Band um ihre Taille fuhr, als wollte sie es lösen. Wenn Nellys Vater, der zusammengekauert im Bett saß, ihr dann in die Augen sah, vergrößerte Margarete sich in einem plötzlichen, gewaltigen Schub noch um ein Vielfaches.

Vielleicht, so könnte man mutmaßen, hatte sich der Vater in der Zeit, in der er mit Margerete gelebt hatte, an ihre Art gewöhnt. Seit dem Tag, an dem sie verschwunden war, sah man diesen Mann, wie er tastend durch die Gänge der Burg schlich, die nun erschreckend leer war. Eine neue und unsichere Dunkelheit herrschte nun in der Burg. Stand man, wie die Bewohner des Schwarzmurlgrabens es zu tun pflegten, nachts auf den Mauern der Burg und spähte hinein, dann hätte man bald wirklich sehen können, wie die Flure etwas grauer wirkten als zuvor. Man sah kaum mehr die Hand vor Augen, wenn man durch die Scheiben sah, und sogar von unten, vom Schwarzmurlgraben her, sah der Umriss der Burg dunkler aus als vorher. Der Efeu rankte sich noch ungeheuerlicher als zuvor die Burg hinauf und fraß die Rosen auf. Und Nellys Vater? Was sich hier ereignete, ist kaum vorstellbar. Dieser Mann war bald kaum mehr zu erkennen. Ja, seit der Vater mit seinem Kind alleine in der Burg lebte, war er an den Rändern immer unschärfer, profilloser geworden. An den Seiten und zur Mitte hin. Ja, er verlor auch insgesamt an Höhe, an Form und an Farbe, sodass Nellys Vater für seine eigene Tochter bald nicht viel mehr als ein verhuschtes Zittern in den Ecken war. Und Nelly? Nun, man erzählt sich, dass Nelly Pichler ihrer Mutter in gewisser Weise ähnlich war. Das hatte damit begonnen, dass Nelly Pichler bereits an dem Tag, an dem sie auf die Welt gekommen war – ja bereits in der Sekunde, in der die Hebamme das Kind in die Arme des Vaters gelegt hatte und wo nun alle gemeinsam auf das Kind hinabsahen – noch in den Armen

seines Vaters *zu wachsen begonnen hatte.* Ja, seit Nelly auf
der Welt war, hatte sie nicht mit dem Wachsen aufgehört, im Gegenteil, dieses Kind wuchs schneller als alles
um es herum, so unaufhaltsam, dass man zu dem Eindruck gelangen hätte können, dieses Kind wachse vielleicht gegen das Schrumpfen ihres eigenen Vaters an.

Nellys Vater war das Wachstum seines Kinds von Beginn an unheimlich gewesen. Er wusste ja nicht, woher
die Größe gekommen war, waren doch beide Elternteile
sehr kompakt gewesen. Die Tage strichen ins Land. Und
der Vater begann, das Phänomen seiner eigenen Tochter
zu fürchten. Wenn er sie ansah, wie sie dort saß, in der
Mitte des leeren Zimmers auf dem Teppich, den Kopf
so weit oben über ihrem Hals. Die Arme so lang, dass sie
schon bald alles greifen konnte. Wie sie dann mit jedem
Tag älter wurde. Kam Nelly von der Schule nach Hause,
so hörte der Vater ihre Schritte schon auf dem Feld und
versteckte sich im Bett. Wenn Nelly dann die Burg betrat, fand sie ihn dort, zusammengekauert und zitternd.
Nelly wusste, dass sie nichts gegen ihre Größe unternehmen konnte. Doch der Vater tat ihr leid. Bei jedem
Schritt, den sie machte, winselte er, wandte den Blick ab,
bei jedem Wort, das sie sprach. Nelly lernte bald, sich
leise und so vorsichtig durch das Haus zu bewegen, wie
sie nur konnte. Sie sprach mit gesenkter Stimme, doch
trotz all ihrer Versuche, so wenig bedrohlich wie möglich zu erscheinen, zuckte ihr Vater schon bei der leises-
ten Bewegung ihrer Lippen in sich zusammen. Wenn
Nelly dann abends zu ihm ins Zimmer kam, um ihm
Gute Nacht zu sagen, hielt der Vater sich unter der Decke

versteckt. Nelly löschte dann das Licht und ging zu Bett. Nur an manchen Abenden war es, dass Nelly nicht anders konnte. Da hob sie die Decke, unter der ihr Vater lag und das Kissen über den Kopf gedrückt hielt. Sie stupste den Körper ihres Vaters leise an. Wenn er dann mit einem Auge unter dem Kissen hervorblinzelte, lächelte Nelly. Der Vater blinzelte dann wieder und sah zu Nelly hoch, und in der Spiegelung seiner Pupille glaubte sie, sich selbst in einer ihr unbekannten Dunkelheit zu erkennen.

Nelly Pichler *war* ein dunkles Kind. Was soll man erwarten von einem Menschen, der alleine in einer Burg heranwächst? Zu allen Seiten wuchs die Dunkelheit hier um einen herum. Die Burg war bald so dicht um Nelly geworden, dass sie sie in sich spüren konnte. Die Enge zu allen Seiten hin. Die Kälte der Mauern. Die schemenhaften Gesichter, die man hinter den Fenstern sehen konnte. Nelly fühlte sich von Tag zu Tag schlechter. Mit jedem Zentimeter, den sie wuchs, beäugten die Menschen auf den Mauern sie, wie sie ihren Körper durch die zu kleinen Türen bewegte, an die Mauern rempelte, aus denen sich die Steine lösten. Wie sie ungelenk und geräuschvoll die Teller stapelte. Den Kopf musste sie immerzu schräg unter der Decke halten. Dazu wurde Nelly immer ungelenker. Mit jedem Jahr wurden ihre Schritte lahmer und breiter. Ihre Hände hatte sie kaum noch unter Kontrolle. Nelly erledigte das, was zu erledigen war, so gut es ging: Sie band ihr Haar, so schwer es auch war, zwei Zöpfe, die wie gewichtige Lianen zu den Seiten hinabhingen und die sie mit den Füßen zertrat. Sie erledigte die Stickereien, die sie sich vorgenommen hatte, doch sie tat es grob und schlampig und fühlte sich schlecht dafür. Doch es bekam sie ja ohnehin niemand zu Gesicht, außer sie selbst. Und wenn sie am Abend im Licht der Petroleumlampe saß und in ihren Schoß auf das Bild hinabsah – ein Rotkehlchen, das auf einem Ast sitzt – dann führte ihr jeder Stich der Nadel bloß die Grobheit ihrer eigenen Hände vor. Der Ast brach ab, bevor er seine Form gefunden hatte. Der Vogel war breit und hatte ein eigenartig verwildertes Gesicht. Das Bild war düster und ungehörig. So war das nichts als eine Qual. »Steh auf«, dachte Nelly dann in der Dunkelheit des Zimmers um sie. »Geh hinaus.« Doch selbst wenn sie dann da draußen auf den Burgmauern stand und in den Graben sah, wohin der Matsch in Strömen hinabstieß, dann war es still; und das Einzige, das sie hören konnte – ganz so, als würde alles um sie, diese dunkle Burg, der Graben und die sternlose Nacht, ihre Gedanken wiederkäuen und verdoppeln – war: »Steh auf. Geh hinaus. Geh fort von hier.«

Es war ein heller, blauer Tag, als Nelly in einem weißen Kleidchen, das an einen mannshohen Täufling erinnerte, einen Koffer in der Hand und ein Häubchen auf dem Kopf vor den Toren der Burg stand. Diese Kleidung hatte Nelly am Morgen zu Zwecken der Besänftigung gewählt. Seit sie die Burg zum ersten Mal verlassen hatte, um im Schwarzmurlgraben einige Besorgungen zu machen, wusste sie, was geschah, wenn man sie sah. Die Menschen blieben auf der Stelle stehen und begannen zu schreien, bis Nelly wieder fortging. Dann beruhigten sie sich und sahen ihr ungeduldig nach. Nelly wusste nicht, ob auch anderswo die Menschen bei ihrem Anblick die Flucht ergreifen würden. Wenn überhaupt jedoch, dachte Nelly, würde sie vielleicht in der Fremde Arbeit finden, und so war dies ihr Plan: aufbrechen, in die Fremde, wobei, nicht ganz in die Fremde, nur ein paar Kilometer weiter, ins Salzkammergut, wo sie in einem Romantik-Hotel mit tadellosem Ruf eine Ausbildung zur Bettenmacherin antreten wollte. Dabei handelte es sich um einen Beruf, der in dieser Zeit äußerst modern war für eine junge Frau, und eine Umgebung voller Wäsche und Federbetten schien Nelly geeignet, um sie zu umschmeicheln und von ihrer allgemeinen Gewaltigkeit abzulenken.

Die ersten Tage am Wolfgangsee hatte Nelly sehr genossen. Inmitten von lauter Geranientöpfen und schippernden Boten war der Himmel so strahlend, dass Nelly die Dunkelheit, aus der sie aufgebrochen war, schon nach wenigen Stunden vergessen hatte. Überall waren Touristen, die sich in kleinen Gruppen aus raschelnden Skijacken geheimnisvoll bewegten. Es war eigenartig, dass niemandem hier ihre Gestalt ein Dorn im Auge zu sein schien. Die Menschen sahen sie zwar an, doch eher vergnügt, vielleicht aus einer allgemeinen Urlaubsstimmung heraus. Schon am ersten Tag hatte Nelly eine Art freundschaftliche Begegnung mit einem Liftboy gehabt, den sie zu den obersten Aufzugknöpfen heraufgehoben hatte, und bis auf ein Kind, das auf dem Gehsteig stehen geblieben und etwas ängstlich zurückgescheut war, hatte niemand vor ihr die Flucht ergriffen. Im Gegenteil: Als Nelly kurz nach ihrer Ankunft das Foyer des Romantik-

Hotels betreten hatte, blickte ihr eine Wäscherin, die gerade die Treppen hinabgestiegen war, neugierig nach und rief ihr nach einigem Zögern ein »Ehre sei Gott in der Höhe« zu, das so glücktaumelnd klang, dass Nelly es kaum fassen konnte. Die Wäscherin hatte zwar, das überlegte Nelly beim Hinausgehen, sehr rote Augen gehabt, aber Nelly glaubte, dass das nichts mit der Art, wie man sie behandelte, zu tun haben konnte, sondern diese Menschen hier am Wolfgangsee einfach kosmopolitischer veranlagt waren als im Schwarzmurlgraben, an den sie nun gar nicht mehr denken wollte.

❦

Der Himmel war blau und das Wetter so klar. Die weiße Dienstkleidung umschloss Nelly schmeichelnd. Morgens frühstückte sie auf der Terrasse mit Marmelade und Kaffee und genoss den Sonnenschein sowie die allgemein beschwipste Fröhlichkeit dieses Ortes wirklich ungemein. Das Schönste an allem hier jedoch war das Zimmer, das man ihr gegeben hatte. Sie war darüber so froh, dass sie Tränen in den Augen hatte, als eine der Wäscherinnen es ihr an ihrem ersten Tag zeigte. Das Zimmer hatte ein großes, gemütliches Bett, eine Decke, die so hoch war, dass Nelly ohne Probleme darunter stehen konnte, und bodenlange cremefarbene Vorhänge. Die Fenster, die sich über die ganze Rückwand des Zimmers erstreckten, öffneten sich in den strahlenden Himmel und gewährten einen einmaligen Blick auf den glitzernden, tiefblauen Wolfgangsee.

Es war Nelly, als wäre jegliche Erinnerung an die Burg ganz einfach ausgelöscht. Die Landschaft war von einer unfassbaren Schönheit, und die Menschen um sie herum waren ihr sympathisch, auch wenn sie mit ihnen nie allzuviel sprach. Es reichte Nelly, sie dabei zu betrachten, wie sie hier umhergingen, wie sie auf den Terrassen saßen und die Promenaden entlangspazierten. Es war nichts Bestimmtes, das sie ausmachen konnte, aber etwas an jedem von ihnen wirkte offener, glücklicher, ja Nelly glaubte, in den Augen jedes Einzelnen hier den Himmel spiegeln zu sehen.

Ab und zu dachte Nelly noch an ihren Vater und daran, wie es ihm wohl ging, nun, da sie ihn verlassen hatte. Doch schon bald war die Erinnerung so blass geworden, dass sie sie nicht mehr in sich nachvollziehen konnte, und so suchte sie bald vergeblich nach den Resten dieser Bilder und Gefühle in ihr. Wie ein helles, blendendes Licht hatten sich der See, die Gesichter und das Wetter dieser Gegend auf Nelly gelegt, sodass sie bald, ohne es benennen zu können, vollkommen und ohne jegliche Beanstandung glücklich war.

Es war das erste Mal an einem Nachmittag, vielleicht etwa 16 Uhr gewesen, das Licht fiel gerade besonders sanft auf die Terrasse und der See funkelte geheimnisvoll in den Augen der beiden betrunkenen Touristinnen, die neben Nelly saßen, als etwas Eigenartiges geschah. Nelly hatte gerade hinaus auf die spiegelnde Fläche des Sees gesehen und geglaubt, dort so etwas wie eine dunkle Mulde ohne genauere Bestimmung ausgemacht zu haben, vielleicht nur eine Art optische Täuschung. Sie versuchte, der Verdunklung mit den Augen zu folgen, was aber kaum möglich war, denn das Licht sprenkelte an diesem Tag nur allzu freiheitlich über die Landschaft hinweg, und insgesamt war der Eindruck der Schönheit auf so tiefe Weise bezaubernd, dass Nellys Augen nur so dahintrieben, als sie plötzlich ein kleines, aber doch recht unangenehmes Ziepen spürte. Es war aus dem Nichts gekommen und fühlte sich an, als würde man sich ein kleines Pflaster von den Lidern reißen. Nelly hatte mehrere Male geblinzelt, sie war aufgestanden und herumgegangen, und es schien ihr, als würde das Ziepen langsam abnehmen, wenn es auch nicht ganz verschwand. In den nächsten Tagen war das Ziepen zwar unangenehm, aber noch zu ignorieren. Nelly bemerkte es kaum. Es trat immer nur dann auf, wenn sie sich draußen bewegte, auf den Balkonen die Wäsche ausschüttelte, etwas über die Promenade trug oder am Morgen beim Frühstück auf ihren Teller schaute. Da wurde es am schlimmsten: wenn sie hinabsah auf den Tellerrand mit dem kleinen goldenen Pferd, auf dem die dunkelviolette Oberfläche des Johannisbeergelees plötzlich ganz schwindelig zu spiegeln begann, und sie dann weg von dem Teller in den Himmel blickte.

Das machte alles aber nichts, denn Nelly störte es nicht sonderlich, drinnen zu frühstücken. Draußen war das Wetter zwar berauschend, aber hier in der Dunkelheit war das Ziepen kaum mehr spürbar, und die anderen Menschen in dem holzvertäfelten Speisesaal, ältere Herrschaften und Menschen, die nicht auf der Terrasse gesehen werden wollten, strahlten ein Gefühl der Ruhe und Sicherheit aus, das Nelly gefiel. Nur einmal hatte sie sich beim Mittagessen ein wenig die Schürze mit Kohlrouladensauce bekleckert. Der Fleck prangte groß und äußerst unschön mitten auf der Schürze. Nelly war deshalb sogleich aufgestanden und ins Angestelltenbadezimmer geeilt, um den Fleck auszuwaschen. Sie warf einen kurzen Blick in den Spiegel und fand für einen Moment sogar Gefallen an dem Anblick, dann beugte sie sich über das Waschbecken und hielt die Schürze hinein. Der Abfluss gluckerte. Das kleine Fenster neben den Waschbecken zeigte hinaus zum See, und durch einen kleinen Geranientopf, der das Fenster halb verdeckte, fielen die Sonnenstrahlen auf Nellys Gesicht, während das Wasser über ihre Hände rann. Nelly spürte dem Sonnenschein nach und wendete den Kopf zum Fenster. Das Rot der Geranienblüten wurde von der Sonne zum Leuchten gebracht. Es war schön und so rot, und zwischen den einzelnen Flecken erkannte Nelly ein winziges Stück Seeuferpromenade. Ja, sie konnte von hier – Nelly zwickte jetzt die Augen zusammen, während das Wasser auf ihre Hände lief – sogar das Bergpanorama sehen, wie es zwischen dem Geranienrot hindurchschimmerte, und jetzt – wie aus einem tiefen Untergrund – stieg Nelly der Geruch der Kohlroulade, vermischt mit dem warmen, seifigen Klärduft des Wassers, in die Nase. Draußen am Ufer stand ein Mädchen. Es hob die Arme und setzte von dem kleinen hölzernen Steg aus an, ins Wasser zu springen. Nelly wollte den Kopf schon wenden, aber es war zu spät, denn ein plötzliches, schreckliches Spritzen sprengte das Seewasser und mit ihm die Sonnenstrahlen in der kleinen Ansicht in ein unerträgliches, rot durchflutetes Glitzergrausen.

Vielleicht muss man sich vorstellen, wie es ist, wenn man ein Kind ist und hinab in eine dunkle Schlucht sieht. So etwas kennt man vielleicht. Wenn dort unten in der Schlucht alles in der Dunkelheit versinkt und man selbst aber doch noch hier oben ist, über die Reling gebeugt, und neben einem gehen die Menschen über die Plattform. Man kann ihre Schritte, ihre Stimmen hören. Und doch ist die Dunkelheit dort unten so wirklich, als wäre sie ein Teil von einem selbst. Als wäre vielleicht sogar alles von einem jetzt dort, dort unten, in der Schlucht. Genau so jedenfalls, vielleicht nicht genauso, aber doch ähnlich, muss es Nelly ergangen sein mit dem Glitzern und dem Himmel und diesen ganzen Dingen hier am Wolfgangsee.

Nelly Pichler fand nach einigen Verhandlungen eine neue Stelle unten in den Waschkellern, und man gab ihr ein Zimmer ganz ohne Aussicht.

Nelly steht nun im Waschraum, ein Laken in der Hand, im Halbschatten. Sie spricht mit einer Wäscherin, die fast noch breitere Schultern hat als Nelly und ein Gesicht, das aussieht, als wäre es vielleicht einmal gebrochen. Nelly steht also so da, den Kopf schräg unter den Rohren, die Wäscherin mit zusammengekrümmtem Rücken an den summenden Trockner gelehnt, und das Flüstern der beiden fügt sich fast nahtlos in das Surren und Summen der Geräte. Wir hören nicht viel, aber wir sehen, wie die Wäscherin sich jetzt inbrünstig schnäuzt und Nelly sich abkehrt und zwischen den anderen weiß gekleideten Körpern in die Menge taucht. Da dreht sich die Wäscherin, als wäre ihr im letzten Moment noch etwas eingefallen, um, und sieht mit Augen, die auch uns jetzt eigenartig rot erscheinen, zu Nelly hinauf. »Die Aussicht!«, ruft sie mit gebrochener Stimme hinter Nelly her, die schon fast wieder zu den Treppen nach oben verschwunden ist.

Wer schon einmal am Wolfgangsee war, der erinnert sich vielleicht daran, wie schön es dort ist. An diesen unglaubwürdig blauen Himmel, der steil wie ein messerscharfer Vorhang hinabfällt, sich kaltherzig ins Massiv der viel zu grünen Felsvorsprünge versenkt, die sich so um die kleine wundervoll spiegelnde Platte in ihrer Mitte schmiegen. Man sagt ja, dass man in manche Gedanken nicht zu tief hineingehen soll, denn an manchen Gedanken kann man, wenn man zu tief in sie hineingeht, ja auch geradewegs zugrunde gehen. So etwas ist zum Beispiel auch Margarete Pichlers Cousin widerfahren, der an einem Wochenende am Atterseer Mondbecken einmal zu lange über das Wort »Revolver« nachgedacht hatte, und darüber, welcher Gedanke es wohl gewesen war, der eine revolvierende Kugel hervorgebracht hatte, die in der Lage war, die Zeit aus ihren Körpern zu nehmen, und auch rückwärts lässt sich das Wort ja gar nicht aussprechen: REVLOVER – aber es ist auch ganz egal, denn im Grunde war das, was sich hier am Wolfgangsee ereignete, davon ganz unabhängig, denn es war ja ganz unerheblich, welchen dieser grünen Hügel man bestieg, welchen Gipfel man erklomm und wie weit man mit seinem Boot hinausruderte: Vor diesem blauen Himmel gab es nirgends ein Entkommen.

Man hört mitunter, dass Alleinreisende versucht haben sollen, hier immer überall gleichzeitig hinzusehen. Die meisten Menschen – das muss man dazu im Hinterkopf behalten – sind ja, wenn sie an den Wolfgangsee reisen, die meiste Zeit betrunken. Sie sind abgelenkt, sie suchen ihre Kinder. So ist es nicht gerade verwunderlich, dass es ausgerechnet diejenigen Menschen sind, die alleine hierher gekommen waren, die sich gleich von Beginn an irgendwie in die Enge getrieben und insgesamt sogar unerwünscht fühlten, denn von einem Moment auf den nächsten kann man hier von der plötzlichen Einsicht überwältigt werden: Man selbst ist der Aussicht immer im Weg.

Nun stelle man sich aber erst vor, dass man, wie Nelly Pichler, die durchschnittliche Größe einer Alpentouristin bei Weitem überstieg, sodass man hypothetisch – hätte man keinen Kopf mit zwei Augen, die dazu verdammt sind, aus ihrer Montierung in den Höhlen immer nur geradeaus zu starren – alles sehen *könnte*. Kleine Menschen haben ja den Vorteil, sich ab und zu in Frackschlitze, Hosenböden oder Grasbüschel vertiefen zu können. Nelly jedoch war von ihrem ersten Tag am Wolfgangsee an, ohne es zu wissen, zu einem immerwährenden inneren Kampf gegen den Panoramablick verdammt, dem sie – 1,97 m groß, kinderlos und nüchtern – so schonungslos ausgesetzt war, dass sein einziges

Hindernis sie selbst war, als Mittelpunkt der anatomischen Unmöglichkeit einer 360-Grad-Aussicht.

Schon nach zwei Wochen am Wolfgangsee war Nelly Pichler geistig wie körperlich vollkommen erschöpft. Sie trug jetzt, sobald sie hinausging, eine schwarze Sonnenbrille. Der Wind rauschte ihr um die Ohren, und sie versuchte, den Drang zu unterdrücken, sich ständig umzuwenden, um die gleichen Wolken noch einmal sehen zu können. Sie trug deshalb ein Seidentuch um den Kopf, um zumindest die Drehung des Halses unmöglich zu machen. Wenn sie sich in einer derart erreichten Starre – die Sonnenbrille gerade auf die Nase geschnallt, den Hals befestigt und das Haar so weit wie möglich ins Gesicht gestrichen – über die Terrasse bewegte, waren ihre Tage einigermaßen erträglich. Doch sobald sie in ihrem Zimmer lag und an die Decke sah, dann war es, als trieben die kleinen lieben Wolken noch immer über ein unendliches, alles durchdringendes Blau, das sie selbst in ihr fensterloses Zimmer hinein noch zu verfolgen schien, das sich an die Decke, an den schlimmsten Tagen gar an das Innere ihrer Lider heftete.

Die Tage vergingen schleichend, und Nelly Pichler war traurig geworden. Sie hatte ja kein anderes Zuhause als dieses hier. Sie war in der Burg groß geworden, doch was war die Burg nun noch? Nelly meinte, ihren Schatten auf sich zu spüren. Nein, alles war doch besser hier als das, was es dort für sie gegeben hatte. Im Gegensatz zur düsteren Leere der Mauern dort war die Dunkelheit in den Wäschekellern des Hotels beruhigend. Nelly hatte gerade die Augen für einen Moment geschlossen, als sie spürte, wie jemand in der Wärme des Dampfs neben sie trat. Es war die Wäscherin, die ihr ein Taschentuch reichte. Nelly hatte gar nicht bemerkt, dass sie weinte. »Mein Kind, kennst du die Geschichte vom Kaiser?« Die Wäscherin blickte mit roten, ausdruckslosen Augen zu Nelly auf. Nelly schüttelte den Kopf. »Die ist gut.« Die Wäscherin lachte auf. Dann griff sie mit bestimmtem Ernst nach Nellys Handgelenk, um sie näher an sich zu ziehen, und sagte flüsternd, aber gerade laut genug, dass es nicht allzu heimlichtuerisch klang: »Wusstest du, dass der Kaiser höchstpersönlich immer wieder am Wolfgangsee war?«

Wieder verneinte Nelly kopfschüttelnd. Von einem Kaiser wusste sie nichts, und es interessierte sie auch nicht, was er irgendwo anders oder hier am Wolfgangsee getan hatte. Der Höflichkeit halber hörte sie der Wäscherin aber zu, die selbst sehr aufgeregt schien, die Geschichte zu erzählen, mit der sie bereits begonnen hatte. Nelly beobachtete, welch große Anstrengung gerade der Anfang der Geschichte ihren Gesichtsausdrücken abverlangte:

»Einmal, es war schon spät in der Nacht und der Mond stand über dem See, so heißt es, da trat der Kaiser in seinem Nachthemd auf die Terrasse. Er sah sich um, und es war niemand dort. Alles war ganz still. Nur dort vorne auf der Straße, unter dem Sternenhimmel … da stand ein Pferd. Es tippelte mit den Hufen auf der Straße. Es war sehr schön, das Pferd, wie es dort stand, und in dem Moment, in dem der Kaiser es erblickte ...«

Jetzt machte die Wäscherin eine lange Pause. Sie drückte ihren Kopf nach unten und sah Nelly direkt in die Augen: »... verlor er den Verstand. JAHA!«, jetzt schrie die Wäscherin regelrecht und strampelte vor Aufregung mit den Beinen. »Der Kaiser wollte gar nicht mehr zurück in sein Schloss fahren. Er bestand stattdessen darauf, hier zu bleiben. Der ganze Hofstaat sollte Rosen herbeitragen, um mit ihnen die Umrisse des Pferds auf die Promenade zu legen. Da ging er tagein, tagaus außenrum, wenn er nicht gerade mit seinem Diener in der Kutsche saß, um sich stundenlang die kaiserliche Volkshymne im Duett entgegenzusingen, die der Kaiser hatte umdichten lassen, sie ging jetzt so ...«

Die Wäscherin stemmte eine Hand in die Seite, schwang die andere in die Luft, um mit dem Finger den Takt anzugeben, und sang nun:

Wir reiten geschwinde durch Feld und Wald.
Wir reiten bergab und bergauf.
Und fällt wer vom Pferde, so fällt er gelinde,
Und klettert behend wieder auf.
Es geht über Stock und Stein,
Wir geben dem Rosse die Zügel
Und reiten im Sonnenschein,
So schnell, als hätten wir Flügel.
Heißa, hussa!
Über Stock und über Stein,
Und in den schönen See hinein!

Dann raufte sie sich wieder zusammen und griff mit erneutem Ernst nach Nellys Handgelenk: »Am allerliebsten hatte es der Kaiser, auf den Schultern seiner Angestellten durch die Räumlichkeiten getragen zu werden, während er mit den Füßen strampelte und romantische Grimassen aus dem Fenster schnitt, wo das Pferd inmitten all der Rosen auf der Promenade stand.«

Als Nelly am nächsten Morgen in ihrem Bett lag, sah sie eine eigenartige Dunkelheit vor sich, ganz so, als schwebte sie in dem abgedunkelten Raum vor ihr her, noch dunkler als die Dunkelheit des Zimmers selbst.

Nelly hielt sich die Hände vor die Augen. Hier war sie doch an einem neuen Ort, an dem man sie schätzte, an dem es schön und leicht hätte sein können. Nelly ballte die Fäuste vor Wut in die Laken bei dem Gedanken, dass es nun ausgerechnet der Wolfgangsee war, der sich als einer der gefährlichsten Orte herausstellte, die es überhaupt auf der Welt gab. Es kam aber noch schlimmer, als Nelly es hätte ahnen können. Denn ausgerechnet in diesem Sommer fiel ein historisch einzigartiges *wunderbares Wetter* über den Wolfgangsee herein.

Für jemanden, der in diesen Stunden nicht dabei gewesen ist, ist es kaum zu beschreiben: Der Himmel, der war von einem so einnehmend tiefen Blau, dass man sich darin binnen weniger Sekunden ganz verlieren konnte. Hinzu kam ein ungekannt starker Föhn, der die Landschaft vor Klarheit nur so zerriss. Und plötzlich, von einem Moment zum nächsten, hielten sich die Menschen die Augen zu. Einige starrten noch wie angewurzelt in den Himmel, während die anderen sich bereits die brennenden Augen rieben, ihre Köpfe in den Händen verbargen und einer nach dem anderen mit den ärgsten pochenden Kopfschmerzen in die Hotels gerannt kam. Was sich nun ereignete, war in keinster Weise abzusehen gewesen: Die Touristen saßen in den Foyers zusammengerottet (oftmals nicht einmal der eigenen Hotels, aber sie wollten ja nicht mehr vor die Tür gehen). Man hatte alsbald alle Fenster verhängt und alle Türen verbarrikadiert.

So würde man ein paar Stunden lang ausharren müssen, hatte es geheißen. Doch das Wetter, es wollte einfach nicht vorüberziehen. Noch in den ersten Stunden hatten Einzelne es immer wieder gewagt, ein paar Schritte vor die Tür zu gehen, nur um schon eine halbe Minute später zurückzukehren mit einem irrsinnigen Ausdruck in den Augen.

Nelly stand mit ihrer Sonnenbrille und ihrem Tuch inmitten dieser Geschehnisse. Einerseits profitierte die Hotellerie natürlich von den eingeschlossenen Touristenaufläufen, denen nichts Besseres einfiel, als zu trinken und sich gegenseitig zu bezichtigen. Andererseits konnte Nelly beobachten, wie die Menschen von der Heftigkeit der Erfahrung ins Extrem getrieben wurden. Einige hatten begonnen zu singen. Andere beteten unaufhörlich. Nelly hatte versucht, mit den Menschen zu sprechen, doch diese wollten offensichtlich nichts hören, so verkrampft schienen sie Teil der Situation zu sein. Es war merkwürdig, denn auch wenn Nelly nicht in der Lage gewesen wäre zu beschreiben, was sie beim Anblick dieser Menschen fühlte, so schien ihr etwas an dem, was hier geschah, fast folgerichtig zu sein, nur eben nicht ganz. Als würde man jemanden wiedererkennen, den man irgendwann einmal in einer Schlucht gesehen hat.

Nun kam es so, dass die Menschen sich, ohne Plan und ohne Aussicht auf Rettung in die Dunkelheit der Lobby gepfercht, zunehmend vergaßen. Sie zeigten mit den Fingern aufeinander. Manche hatten begonnen, zwanghaft Witze zu erzählen, andere waren zu pausenlosem Beten und quasi-messianischen Zusammenkünften unter den Tischen mit Taschenlampen übergegangen, die immer wieder zu Schlägereien ausarteten. Wenn Nelly nun vor einem dieser Tische saß und zuhörte, verstand sie, dass die Menschen hier zunehmend Verwunderung darüber äußerten, weshalb und warum sie überhaupt an den Wolfgangsee gekommen waren. Im Allgemeinen sprechen die Menschen ja nicht so viel miteinander. Sie wissen viel voneinander, sie hören sich zu, aber jeder achtet ja auf etwas anderes. Und nun, da die Menschen so viel miteinander zu sprechen gezwungen waren, da erschienen ihnen die eigenen Gründe, aus denen heraus sie hierher an den Wolfgangsee gekommen waren, immer unglaubwürdiger zu sein. Ja, Einzelne bekamen sogar Zweifel daran, *wer* sie denn insgesamt gewesen waren, bevor sie an den Wolfgangsee gekommen waren, und andere verloren ganz die Gewissheit darüber, *überhaupt irgendwer* gewesen zu sein, bevor sie an den Wolfgangsee gekommen waren. Bereits am ersten Tag kam es vor, dass jemand im Zuge dieser Fragen in den See ging.

Vielleicht lag es daran, dass Nelly die Schwere der Erfahrung schon früher gemacht hatte als andere hier. Tagelang hatte sie mit dem Ziepen gekämpft, bevor die Umstände sich auf diese Weise gewandelt hatten. Vielleicht war es auch etwas anderes, eine gewisse Klarheit, die Nelly davor bewahrte, den Verstand zu verlieren. Eine ganze Woche später lehnte Nelly Pichler an einer Säule im Frühstücksraum. Die Tische waren umgeworfen, die Stühle zerlegt. Die Menschen zündeten alles an. Es brannte wieder aus. Die Wände des Frühstücksraums waren mittlerweile schwarz, und die verkohlten Überreste von Tischen und Stühlen lagen um die einzelnen Gruppen herum, die sich gebildet hatten, auf dem Boden verteilt. All das hatte nichts geholfen. Die Dunkelheit hier drinnen war schauderhaft, der Geruch nach Kohle und verbrannter Kleidung und die Wärme der Menschen im Inneren der Lobby allumfassend. Nelly schloss die Augen und spürte, wie das Blut durch ihre Schläfen schoss. Es schien ihr wie ein flüssiges Zählen, eine Uhr, die etwas maß, das nicht mehr zu messen war, eine Unruhe, die sich gebildet hatte. Die nun ausschließlich geworden war. Wie lange noch?

Diese Frage ergab keinen Sinn. Nelly erinnerte eine dunkle Burg, deren Inhalt sie selbst gewesen war. Aber das waren nur Spekulationen über eine Frau, die den Unterlagen nach einen Meter und siebenundneunzig Zentimeter groß war.

Plötzlich erinnerte Nelly sich an etwas. Sie starrte die Wäscherin an, mit der sie eben noch gesprochen hatte und in deren rot unterlaufenen Augen sich jetzt lodernd die Dunkelheit des Raums spiegelte. Nelly wandte sich ab, ohne etwas zu sagen, durchkreuzte den Frühstücksraum und eilte zu der kleinen Kellertreppe, die sie in schnellen Schritten hinabstieg. Wenige Minuten später kehrte sie von dort unten zurück, etwas in den Armen, das wie ein Laken aussah. Im Vorbeigehen beugte Nelly sich unter einen der Tische hinab, hob die Tischdecke abrupt an und entriss dem Gottesdienst die Taschenlampe. Die Menschen unter dem Tisch beschwerten sich polternd, während Nelly die Taschenlampe fest umklammert hielt. Durch das polternde Beschweren und Zetern hindurch blieb sie ganz still, während sie das Laken über die gesamte Front des Frühstücksraums hinweg spannte. Dann hielt sie kurz inne, drehte sich um und pfiff, so laut sie konnte, durch die Finger. Der Saal blickt stumm zu Nelly Pichler hin, die mit zusammengekniffenen Augen in die Dunkelheit des Frühstückssaals blickte. Dann knipste sie die Taschenlampe an. Der Lichtkegel warf sich gegen das Laken, und Nelly begann, mit den Fingern durch das Licht zu gleiten.

Es dauerte eine Weile, bis die Menschen zwischen all dem Gerangel ihre Aufmerksamkeit auf die stille Szene richteten, die sich vor ihren Augen abspielte. Doch bereits nach kurzer Zeit waren alle verstummt. Die Schatten, die Nellys Finger dort vor den Augen der eingeschlossenen Menschen auf dem Laken formten ... Nie wäre jemand in der Lage, die Szenen wiederzugeben, die Nelly Pichler hier für die Menschen darstellte, aber man sei vergewissert, dass es sich hierbei um etwas handelte, das die Menschen noch nie gesehen hatten.

Niemand bezichtigte oder schlägerte jetzt noch. Nur ab und zu kam es vor, dass jemand, mitgerissen von einer der Szenen, zur Anfeuerung Titelvorschläge in die Runde rief, bloß um kurz darauf wieder in schweigende Andacht zu verfallen. »Ein Stück Torte, mit einem Vogel obendrauf!« – »Nein, nein, der Kaiser mit dem Pferd!« Nelly wusste nicht, wie ihr geschah. Die Augen der Menschen starrten zu ihr hinauf, und was sie da sah, etwas, in der Art, wie diese ganzen Augen so entrückt zu ihr hinaufsahen, ließ Nelly Pichler sich plötzlich so außer sich fühlen, dass ihr Tränen in die Augen stiegen.

Nach einem ganzen Tag ausgiebigen Theaters ohne Unterbrechung geschah es, dass Nelly müde von all dem wurde, doch die Leute hingen so an den Bildern, dass eine große Unruhe losbrach, als sie ankündigte, nun schlafen zu müssen. Diese Unruhe konnte erst besänftigt werden als der Sohn der Wirtin sich bereit erklärte, für die Dauer von Nellys Schlaf pantomimisch seine erste Übernachtung in Tannberg nachzustellen.

❦

Was im Folgenden geschah, ist nicht ganz sicher, aber wir können doch mit Gewissheit sagen, dass Nelly Pichler, als sie am nächsten Morgen aufwachte, aus ihrem Zimmer in den Gang trat und dort etwas sah – etwas, das sich ihrem Verstand ganz einfach entzog: Da war eine Wäscherin, sie hatte die Arme zu einer Art verschlingender Geste angehoben. Daneben zwei Liftboys. Nelly schob sich an ihnen vorbei und tastete sich nun weiter den Gang entlang. Was sie sah, war lediglich von irgendwo hinten schwach beleuchtet, deshalb konnte sie nur mit Mühe die Umrisse der Menschen ausmachen, die hier überall an den Wänden und in den Türen standen. Die Anwesenheit dieser Menschen war Nelly eigenartig angenehm. Sie waren sehr ruhig. Je weiter Nelly lief, desto enger schienen sie zusammenzustehen. Sie hatten die Köpfe aneinander gelegt und etwas Warmes, Duftendes ging von ihnen aus. Jemand legte gerade den Arm um jemand anderen, während eine dritte, kaum beleuchtete Person ihr half, auf die Schultern des einen hinaufsteigen. Jetzt erkannte Nelly erst, dass diese Menschen alle dabei waren aufeinanderzusteigen. Ja, überall hier waren Menschen, die übereinander hinweg und aufeinander kletterten. Nelly durchschritt die Gänge wie im Traum. Eine Tür vor ihr stand offen und Nelly trat in den Raum. Es war die Kaisersuite, das erkannte Nelly an der schwarzen Sillhouette eines Pferds in einem Rahmen an der Wand. Sie blickte hinauf, wo kein Dach zu sehen war. Ein paar Ziegel und Stroh hingen herab. Es war sehr dunkel am Himmel. Die Sterne, sah Nelly jetzt, drehten sich rot und warfen ein warmes Licht auf den Turm aus Menschen, der sich aus dem aufgebrochenen Dach hinaus in die Nacht hinein bildete. Sie schaute hinauf, wo der Turm ihr immer höher erschien. Nelly drehte sich um, um noch einmal zurücksehen, doch da griff sie schon jemand am Handgelenk und zog Nelly Pichler mit sich, die von der Bewegung dieser Nacht wie mit einem Wimpernschlag verschlungen wurde.

Epilog

Wenn man am Wolfgangsee spazieren geht, dann kann man noch heute eine kleine Plakette auf einer Sitzbank an der Uferpromenade finden, auf der ein weißes Pferdchen abgebildet ist. Wir können bezeugen, dass sie, wenn man sie vom Ufer aus im Vorbeigehen betrachtet, besonders schön abwechselnd gold und weiß schimmert.

LA ROBE

LE PETIT TRIANON

Man betrat das Schloss durch den Schrank. Es war so blickdicht, dass man nur ein nah düsteres Alles sah, hielt man die Augen offen geradeaus gerichtet. Erst, wenn sich die Netzhaut etwas an die Dunkelheit gewöhnt hatte, konnte man Umrisse eines Raums erkennen, nicht aber dessen Größe erahnen. Die Tür schloss sich hinter einem, ohne dass man es hören konnte, und wenn man sich umwandte, so war auch der Lichtschein, der sich eben noch unter den Türen entlanggezogen hatte, verschwunden. Es war stickig wie in einer Kiste.

Man ging, einen Schritt nach dem anderen, und hörte nur die eigenen Füße auf dem Parkettboden. Klack. Klack. Man konnte spüren, dass es um einen atmete. Dass niemand anwesend war. Dass alles anwesend war. Das Dunkel flimmte um einen, flach und dicht. Eine Wabe, die schwoll, dann verengte sie sich wieder. Klack, klack, dazu das Atmen. Eine Tür öffnete sich, was man nur an dem heißen, trockenen Luftstoß bemerkte, der einem Staub in den Mund blies, und ganz weit weg konnte man ein schummriges, kaum erkennbares Leuchten wahrnehmen, wie von einer Kerze. Es waren so viele Schritte, man verlor sich an sie. Alles war jetzt das Atmen, von dem man nicht mehr wusste, ob man es sich nicht nur dachte. Dann sah man es funkeln. Zuerst war es nur einziger Stein, dunkelblau blitzte er im Schein der kleinen Flamme auf. Dann die daran anschließenden, die Smaragde, die den blauen Stein einfassten, das Gold, das sie umsponn, die Rubine, die darunter saßen wie einzelne Tropfen Blut. Sie hoben sich wie eine Decke, senkten sich wieder, fielen ab zu einer größeren Fläche, formten eine Schleppe, einen Rock, der sich über den Boden ergoss. Darüber ein Kragen aus Diamanten, der die Leere des Raums einfasste. So stieg sie lautlos aus dem Dunkel auf. Sie hatte keinen Körper. Die Königin bestand aus nichts als ihren Juwelen.

M. DELROUX III

Es würde nicht der Wahrheit entsprechen, seinen voll-
ständigen Namen hier auszuschreiben, denn obwohl er
sicherlich einen Vornamen hatte, sprach man mir gegenüber von M. Delroux immer nur als *dem Lehrer*. Ich
nannte ihn M. Delroux und ich weiß nicht, ob das sein
wahrer Name war.

Delroux war groß und schmal. Und er trug, wenn er zu
uns nach Hause kam, einen Anzug, der alt aussah. Er
staubte, wenn er sich auf den Stuhl neben meinem Hocker setzte. Wenn die Sonne von dem seitlichen Fenster
aus auf sein Gesicht fiel, dann konnte ich sein Profil gegen das Licht sehen. Seine Augen hatten einen Glanz,
den ich nur dann wahrnahm, wenn ich im Gang auf ihn
wartete und er sich im Garderobenspiegel betrachtete,
denn ihm in die Augen zu sehen hätte ich mich niemals
getraut. M. Delroux hatte eine Innentasche in dem Anzug, in der er einen Holzstab aufbewahrte.

M. Delroux und ich spielten Etüden und Menuette. Ich
sage »er und ich spielten«, weil ich nicht den Eindruck
hatte, damals nicht und jetzt, wenn ich daran denke,
ebenso wenig, dass ich es war, die spielte. Alleine hätte

ich vielleicht nicht gespielt. Ich verstand die Etüden nicht und nicht die Menuette. Die großen Notenkörper waren wirr und von etwas bewohnt, das mir unbegreiflich war. Meine eigene Handschrift, wenn ich sie auf das Notenpapier malte, war unermesslich falsch. Ich übte nie. Wenn ich übte, dann nur so laut, dass meine Eltern es hören konnten. Ich verspielte mich dauernd. Ich glaube, dass M. Delroux mich dort schon aufgegeben hatte, aber meine Eltern bezahlten ihn, deshalb ließ er mich falsch spielen, vierzehn- oder fünfzehnmal pro Stunde, bevor er den Holzstab über meine Knöchel bewegte und ihn dort drohend hielt. Abends zählte ich die Markierungen: kleine bläulich violette Monde überall auf meinen Fingern. Ich notierte die Anzahl auf ein weißes Stück Papier. Darunter schrieb ich seinen Namen: M. Delroux.

M. DELROUX IV

Dem Garten gegenüber habe ich immer eine gewisse Ehrfurcht empfunden. Dunkle Nadelbäume umgeben die Treppen, die hinauf zu seinem Eingang führen wie eine düstere Mulde, und ist man darin, so hat man nie den Eindruck, allein zu sein, denn die schmalen, umwucherten Wege und die hohen Kastanien führen einen. An manchen kühlen Morgen, wenn ich zur Schule ging, trug ich nur ein Kleid, und ohnehin war ich immer zu kalt angezogen, was mich dem Garten gegenüber in eine gewisse Scham versetzte. Die Feuchtigkeit kroch mir die Beine hinauf. Dazu der Tau, der weiß auf den Wiesen lag, und der dichte Nebel. Der Garten nahm alles an sich. Er gab nichts her, nur manchmal verriet er sich. In einem Winkel oder einem Zeichen. Doch nichts überließ er einem wirklich. Was einem so nah ist, wie der Garten mir nah war, kann sich gegen einen wenden. Wenn ich alleine spät am Abend durch den Garten lief, dann saß die Nacht schon so dunkel in den Dingen, dass sie ungewiss aus dem Boden brach, und dann musste ich rennen, durch die Nadelbäume, die Treppen hinunter, bis zur Straße, und wenn ich dann im Licht stand, konnte ich die Dunkelheit fühlen, die mich berühren wollte.

Als ich einmal auf dem Nachhauseweg neben den Treppen stand, hörte ich im Gebüsch bei dem Felsen ein Rascheln. Ein Wildschwein, dachte ich, denn früher war einmal ein Wildschwein im Garten gesehen worden. Es raschelte andauernd, und ich lehnte mich an die Laterne, wartete, um das Wildschein zu sehen. Statt des Wildschweins lief eine Frau aus dem Gebüsch. Sie trug einen Latexanzug und schwarze Stiefel mit Flammen darauf. Hinter ihr lief ein Mann, der trug einen dunklen Anzug, eine Sporttasche und eine Kamera in der Hand. Als sie weg waren, bin ich ins Gebüsch gegangen, um nachzusehen, ob sie dort etwas hinterlassen hatten. Außer ein paar zertretenen Ästen war da nichts. Ich weiß nicht, was ich geglaubt hatte, dort zu finden.

Auch wenn sich mit der Zeit alles verändert hat, hat der Garten seine Eigenschaft behalten. Auch heute noch, da ich schon geliebt habe, laufe ich in der Dämmerung darin herum, bis es ganz dunkel ist. Auf dem Rückweg bleibe ich immer auf einem der Plateaus zwischen den Treppen stehen. Die Bäume sind dichter geworden mit den Jahren, aber durch ihre Spitzen kann man noch immer den Nachthimmel sehen. Ich tue es nur, wenn ich weiß, dass ich alleine bin. Dann lasse ich meine Tasche zu Boden fallen, stehe im Lichtkegel der Gaslaterne und warte darauf, dass M. Delroux aus den Bäumen kommt.

CAMILLE
LA BIBLIOTHEQUE DU
MONTPARNASSE

Camille ist blond, und ich habe sie ein paarmal gesehen, als ich auf den Bänken vor den Automaten saß und etwas gegessen habe. Ich habe mit einem Mann namens Gibet über sie gesprochen. Gibet und ich saßen uns in der Cafeteria gegenüber, und dann, etwa eine Woche später, hat Gibet mir einen Brief geschrieben. Ich wusste nicht, weshalb er mir einen Brief schrieb, um mir von Camille zu erzählen.

Die Sonnabende, schrieb Gibet, verbringt Camille bei Madame Renard. Sie wird dort geduldet, auch wenn sie nur mit einem Morgenmantel bekleidet durch die Zimmer läuft. An einem Sonntag aber hat eine Bekannte Madame Renards Camille in einem Perlenkostüm in den Bädern von Bois de Boulogne gesehen, wo sie Badende in tiefes Grauen versetzte. Ich verstand nicht, was Gibet mir da schrieb. Ihm schien vor allem der Gesichtsausdruck Camilles bemerkenswert, der irgendwo zwischen einem gedehnten Lechzen und einem niedlichen Schmollmund immer wieder ins für ihn Unerträgliche kippte.

Als ich Camille zum ersten Mal sah, erschien sie mir recht teilnahmslos. Sie hat so eine Art, den Blick über den Gang streifen zu lassen, als wüsste sie nicht, dass jeder sie ansieht. Ich habe einmal gesehen, wie sie ein Buch aus dem Regal nahm. Sie befühlte es mit den Fingern, und ich glaube, dass ich auch gesehen habe, wie sie es zu ihrem Mund bewegte und die Zunge nach seinem Rücken ausstreckte.

Gibet habe ich nun schon seit einigen Wochen nicht mehr gesehen. Ich habe mir vorgestellt, dass man in seiner Wohnung eine Anhäufung von Gegenständen finden würde, die von Camille stammten. Aber ich will nicht zu viel über Gibet nachdenken.

Ich trage jetzt den gleichen Lippenstift wie Camille. Es ist ein dunkles, ins Bläuliche gehendes Rot. Ich habe es an ihr gesehen, als sie heftig atmend und suchend durch die Gänge der Bibliothek zog. Die Bücher, nach denen sie griff, fielen neben ihrem Körper hinab und landeten donnernd auf dem Parkett. An der Stelle in Gibets Brief, an der er diese Eigenschaft Camilles beschreibt, entgleitet ihm der Stift, sodass das Gekritzel auf dem Papier nur mehr sein hilfloses Entsetzen ausdrückt.

Mir bleibt nichts anderes übrig als anzunehmen, dass Gibet keine Worte gefunden hat für das, was dann passierte: Camille reckt ihre Fäuste zur Decke und öffnet den Mund mit ihren blitzenden Zähnen. Da entgleitet den Tischen um sie herum ein Stöhnen. Alles hebt sich, die Karten, die Bücher, die Papiere. Reißt sich aus den Regalen in das scheußliche Wirbeln, das Camille

112

jetzt ist. Sie küsst mich. Da geht es hin, das Wissen der Welt. Verschwindet für alle Zeit im roten Dunkel unserer kleinen, dummen Münder.

M. DELROUX V

Ich habe M. Delroux von der Nacht erzählt, in der ich zum ersten Mal in Ohnmacht fiel. Das war draußen, auf einem Zeltplatz. Das zweite Mal im Unterricht. Dann auf den Schulfluren. Manchmal auch alleine mitten auf der Straße. Es ist ganz einfach, wissen Sie? Man macht einfach die Augen zu und lässt sich fallen. Auf dem Zeltplatz habe ich mich in zwei Männer fallen lassen, die neben dem Feuer saßen. Eine Minute vielleicht lag ich so da, zwischen ihren Füßen, auf dem Boden. Dann habe ich die Augen aufgemacht und in den Nachthimmel gesehen. Man muss zuerst seinen Schritt verlangsamen. Dann das rechte Knie locker lassen, die Augen zu den Seiten bewegen, dann die Schultern lösen, stolpern, um dann mit einem Mal die Augen nach innen zu drehen und sich fallen zu lassen. Der Aufprall tut nicht weh.

Einmal hat man mich ins Krankenhaus gebracht. Ich war alleine und habe meine Schlüsselbeine im Spiegel angesehen. Ich habe die Kabinentür halb offen stehen gelassen und das Papier von der Halterung gerissen. Meinen Rock über die Hüfte gezogen. Die Unterhose ließ ich an, aber schob sie ein Stück nach unten. Beim Hinfallen habe ich mir aus Versehen den Kopf an der Kloschüssel gestoßen, was gut war, denn so blutete ich ein wenig. So lag ich auf besondere Weise verrenkt da und wartete mit geschlossenen Augen. Die Sanitäter kamen zu fünft oder zu sechst ins Mädchenklo. Sie haben mein Kleid heruntergezogen, mich mit einer goldenen Plane umwickelt und mich auf einer Bahre in einen Krankenwagen gebracht.

Es gibt nur sehr wenige Geschichten, in denen das Mädchen nicht gerettet wird. In denen es im Fluss liegen gelassen wird. Wenn es liegengelassen würde, würde es ja untergehen. Es würde ja nicht lernen, im Wasser zu leben.

Wenn Kinder sich beim Spielen verletzen, dann liegen sie in weißen Betten, und man zündet eine Kerze neben ihnen an. Mörder kommen nie in solche Zimmer. Sie kommen nur in Zimmer, in denen sonst nichts Besonderes geschieht. Später habe ich mir einmal den Knöchel verstaucht. Dann das Handgelenk. Auch hatte ich Platzwunden an der Stirn und am Schlüsselbein. Weil ich nicht mochte, wie die anderen aus der Klasse mich ansahen, habe ich sie nur für mich gehabt. Niemand darf von ihnen wissen. Nachts in meinem Spiegel habe ich sie angesehen. Es wäre falsch zu sagen, dass ich eine Leidenschaft für meine Verletzungen hatte. Es wäre vielleicht wahrer zu sagen, dass sie mir gehörten und dass sie mir zugleich nicht gehörten. Dass darin etwas Wertvolles lag. Dass ich wusste, dass die Welt mir etwas tun konnte. Dass ich von diesem Gedanken berauscht war.

JULIETTE BINOCHE

Juliette hasst nichts mehr als Mitleid. Wenn sie gegen drei Uhr morgens aus dem Untergeschoss des Bahnhofs steigt, den Schlafsack über die Schultern gehängt, die gestohlene Zigarette hinterm Ohr, dann wartet sie nur darauf, dass im nächsten Moment wieder einer von ihnen vorbeikommt. Einer, der da durch die Halle hastet, den Aktenkoffer in die Achsel gepresst, den Saum seines Anzugs über den Boden schleifend.

Hilflos irrt sein Blick einmal über ihre ganze Erscheinung, bevor er flieht, sich panisch im Boden oder in irgendeiner Ecke versenkt. Was für ein scheußliches Gefühl das sein muss. Schon seit Juliette ein Kind war, haben Leute mit Thermoskannen oder mit Angorastrümpfen sie mit solchen Gefühlen behelligt. Ja, den Leuten sackt regelrecht das Herz in den Arsch vor lauter Seelenbewegung, sobald sie eine halb verderbende Kleine erblicken, die da unter dem Vorsprung kauert.

Juliette hat sich deshalb angewöhnt, sich zum Schlafen so hinzulegen, dass ihre Füße nackt aus der Decke auf den Gehweg hinausragen. Auf ihre Fußrücken hat sie kleine Kerzen montiert. Die leuchten die Szene feierlich aus und machen die Vorbeigehenden wider Willen zu Komplizen ihrer kleinen Andacht.

MADELEINE
PETIT-MONTROUGE

Es ist ungewöhnlich warm geworden, und mit der Veränderung der Temperatur sind auch meine Träume
dichter und klarer geworden. Ich träume von Städten,
die auf hohen Bergen in ewiger Dunkelheit liegen. Von
bunt leuchtenden Schwebebahnen, die geräuschlos über
sie hinweg treiben. Wenn es Menschen in diesen Träumen gibt, dann sind sie immer weit weg, rätselhafte Ein-
wohner dieser Orte, die nach Uhren laufen, die ich nicht
lesen kann. Ich bin immer unberührt von allem, zu früh
oder zu spät an diesen Orten, und habe meine Aufgabe,
die mich dorthin brachte, längst vergessen.

Paris ist die Stadt, in der ich lebe.

LE MEURICE
(DAS ZIMMER MIT DEM WEISSEN PFERD)

Sie war in einem fensterlosen Raum aufgewacht. Stickereien zogen sich zu ihren Füßen über den Teppich, bildeten Gemälde ab, irgendwelche Gemälde, die aussahen wie aus einer anderen Zeit. Was wusste sie schon von einer anderen Zeit, dachte sie, und das war das Erste, was sie dachte, seit sie hier war. Sie sah auf einen Schuh, der leblos vor ihr auf dem Boden lag. Die Dinge, dachte sie, als wäre es nicht ihr Gedanke, sondern einer, der schon vor ihr hier im Raum war. Sie konnte sich nicht an sich erinnern, nicht an die Vergangenheit, nicht an ihre eigene noch an irgendeine andere. Sie sah ihre Hände an und fühlte, dass sie lebendig war. Es machte ihr Angst, hier eingeschlossen zu sein. Es gab keine Türen in diesem Raum, nur Vorhänge über aufgemalten Fenstern, nirgendwo konnte sie eine Öffnung, einen Spalt erkennen. Das Licht ging an. Als sie vom Teppich aufstand, schmerzten ihre Knie. Sie musste wohl lange so gelegen haben. Sie lief vorsichtig ein paar Schritte umher und betrachtete die Wände, die mit Tapeten überzogen waren, und befühlte die Blumen, die aus weißen Vasen in den Ecken ins Zimmer hineinragten. Das Licht war, seit es angegangen war, gleichbleibend und sehr hell. Es gab einen Spiegel. Er war in eine Kommode eingelassen, und davor lag eine große Bürste. Sie lief zu dem kleinen Hocker und setzte sich. Ihr Haar fiel ihr über die Schultern und den Rücken. Der Anblick war ihr vertraut, also erschrak sie nicht. Ihre Haut war makellos. Ihre Augen ließen sich nicht schließen. Die Nase darunter war klein, als hätte man ihr die Knochen genommen. Sie nahm die Bürste in die Hand und begann, sich damit zu kämmen. Bald schon wurde ihr langweilig damit. Also stand sie auf und lief die wenigen Schritte zum Bett. Als sie sich aber setzen wollte, hörte sie etwas schreien. Es klang nicht bedrohlich, eher freudig, und kam von irgendwo weit oben. Tatsächlich hatte sie bisher nicht hochgesehen: Die Decke war offen. Die Wände waren sehr hoch, sodass es einem nicht gleich auffiel, und das Licht, es kam nicht aus dem Zimmer selbst, es kam von dort, von viel weiter oben. Sie stand auf und sah hinauf. Man konnte nichts erkennen, außer eine weiße Fläche, aus deren Mitte das warme, gleichbleibende Licht fiel. Plötzlich schob sich etwas über die Fläche, das sie zunächst nicht verstand. Es war augenscheinlich lebendig, rot durchädert und schrie. Bei jedem Schrei fiel ein Tropfen Flüssigkeit herab, der ihre Haare und Schultern nässte. Erst als die Hand – denn ganz offensichtlich war es eine Hand, so viel konnte sie nun sagen – durch das Dach griff und die heißen, nassen Finger um ihre Taille schloss, erkannte sie, dass es ein Gesicht war, mit vor Aufregung weit aufgerissenen Augen, die im Schatten der Zöpfe umherkugelten. Die Vergangenheit, dachte sie, während ihre Füße vom Boden gehoben wurden und sie auf die Teppiche zurückblickte, die unter ihren Füßen zu dunklen Sternen verschwammen, gibt es nicht. Es gibt nur die Lebenden.

EVELYN MEYER
PRINTEMPS

Der Uhrmacher träumt meinen Körper in dieser Nacht. Ich erinnere wieder und wieder dieselbe Geschichte.

Ein Kätzchen erkennt man an dem schwarzen Lidstrich, dem Duft nach Autoreifen und vor allem am sehnsuchtsvollen Miauen, das von morgens bis abends aus ihrem Mäulchen klingt.

Nach einem bitterbösen Fluch, ausgeführt durch einen missgünstigen Praktikanten der Kanzlei, in der sie Partnerin gewesen war, war Evelyn Meyer verdammt zu einer Existenz als lebendig gewordenes Kätzchentrauma. Wo sie nun hinging, hinterließ sie klebrige Lollis auf der Erde und schämte sich nicht, ihren Schwanz in alle Gesichter zu reiben, an denen sie vorbeizog. Stellte man ihr eine Schale Milch vor die Tür, war sie dankbar und tauchte ihr Samtpfötchen hinein, um eine nasse Spur auf dem Boden zu hinterlassen. Nur freitags saß sie auf den Dächern der Anwaltskanzlei und sang traurige Medleys in den Nachthimmel.

Ab und zu kam der Praktikant vorbei, der das Geschehene längst bereute, und ejakulierte aus Mitleid in ihr Schälchen.

TÊTE DE CON

Juliette Binoche saß in einem schwarzen Abendkleid breitbeinig auf der Tanzfläche und rauchte. Ihren Rücken hatte sie zusammengekrümmt und zog in kurzen Abständen gierig an der Zigarette, sodass es für einen Außenstehenden so wirken musste, als würde sie dort nicht einfach nur sitzen, sondern vielmehr auf etwas lauern. Die dunklen Härchen, die ihre Waden bedeckten, glänzten im Licht der Discokugel, als wären sie aus feinem Draht.

Es war bereits spät in der Nacht und Juliette war hungrig. Der Weg durch den Wald hatte länger gedauert, als sie gedacht hatte, überall war Erde auf den Wegen gelegen, und als sie den Saal schließlich betreten hatte, lagen die meisten Gäste einander schon betrunken in den Schößen, nur das Dessert stand noch auf den Tischen herum.

Juliette war durch den Raum gewandert und hatte auf dem Weg zu einem leeren Stuhl, den sie bereits vom Eingang aus ins Visier genommen hatte, von der Hochzeitstorte probiert, doch der Zucker hatte ihr einen schneidenden Schmerz in den linken Eckzahn getrieben, den sie nun immer wieder mit Prosecco-Schlücken schlürfend fortzuwaschen versuchte.

Der Raum drehte sich um Juliette, die ihren Platz vorerst nicht verlassen würde. Der Stuhl stand zwar äußerst ungünstig recht weit vom Tisch entfernt, sodass er sich beinahe in der Mitte der Tanzfläche befand, aber das hatte sie erst bemerkt, als sie schon Platz genommen hatte, und nun wollte sie nicht mehr Aufmerksamkeit auf sich ziehen als unbedingt notwendig. Sie würde einfach warten, dachte Juliette, bis die Menschen um sie herum sich an sie gewöhnt hatten.

Es war, dachte Juliette, während eine Frau in einem violetten Abendkleid lachend an ihr vorbeizog, wohl lange her, dass sie das letzte Mal ausgegangen war. Sie erinnerte sich überhaupt nicht daran, wann das letzte Mal gewesen sein könnte, aber sie hatte das Abendkleid in ihrem Schrank gefunden, und dort hatte es so ausgesehen, als hätte es einmal jemand getragen. Als Juliette die Einladung erhalten hatte, hatte sie sich gewundert. Die Bekannte, die da heiraten würde, kannte sie im Grunde gar nicht. Sie wusste nicht einmal, ob sie sie überhaupt erkennen würde, stünde sie vor ihr. Aber als sie den großen weißen Brief mit der schönen Versiegelung in den Händen hielt, da konnte sie nicht anders. Etwas in Juliettes Herz liebte insgeheim nichts mehr als Feste.

Die Musik, die ein Alleinunterhalter in einem schwarzen Frack vom Band abspielte, dümpelte vor sich hin, und das Rauschen der sie umgebenden Gespräche lag Juliette angenehm weich in den Ohren. Zur Rechten der Tanzfläche saß ein Paar, ein Mann mit einem erbsenförmigen Kopf und eine Frau mit großen pinkfarbenen

Schuhen. Beide starrten mit offen stehenden Mündern in Juliettes Richtung, während sie den Prosecco aus der Flasche trank und dabei die Zigarette im Takt der Musik vor ihrem Gesicht bewegte.

Juliette hatte ihre Freundin noch nicht gesehen. Seit sie auf ihrem Platz saß, hatte sie schon mehrere Male gezweifelt, ob sie hier überhaupt auf der Hochzeit ihrer Freundin war. Einen Moment lang hatte sie sich gar gefragt, ob es sich hierbei überhaupt um eine Hochzeit handelte, denn niemand schien ein Brautkleid zu tragen. Das war aber ohnehin nicht von Bedeutung, denn Juliette war unglaublich hungrig. Sie hatte bereits die Buffets ausgemacht, an denen noch Dessert serviert wurde.

Eine junge Frau, mit weißer Schürze bekleidet, stand dahinter und hob immer wieder die silbernen Glocken von den Platten. Dabei sah sie die Gäste an, neigte den Kopf im immer gleichen Winkel zur Seite und lächelte sozusagen in die entgegengesetzte Richtung. Es war ein besonderes Lächeln, dachte Juliette, irgendetwas gab es an der ganzen Art dieser Frau, ihren Kopf so zu neigen und dabei so zu lächeln, das einem ein Gefühl von Sicherheit vermittelte.

Es war dieselbe junge Frau gewesen, die Juliette schon bei ihrer Ankunft dabei beobachtet hatte, wie sie mit ihren Fingern in die Torte gegriffen hatte. Dabei hatte sich die junge Frau die Hand vor den Mund geschlagen, als müsste sie einen Schrei ersticken. Juliette hatte es überrascht, dass sie sogar dabei noch sehr freundlich aussah. Jetzt, da die junge Frau den Zwischenfall vergessen zu haben schien und wieder auf dieselbe Art lächelte und dabei den Kopf neigte, als der nächste Gast sich taumelnd dem Buffet näherte, fragte sich Juliette, wie man ihr das wohl beigebracht hatte, denn es sah aus, als würde eine Menge Übung darin stecken.

Juliette spuckte den Rest gegurgelten Sekts zurück in die Flasche, bevor sie sie fallen ließ und mit dem Fuß zwischen die Füße des Mannes mit dem Erbsenkopf stieß. Mittlerweile hatten einige der Paare angefangen, sich im Tanz schweigend um sie herum zu drehen. Das Licht verdunkelte sich in einem tiefroten Nebel. Die Musik wurde romantischer, als sie es eben noch war. Juliette musste jetzt auf der Stelle essen.

Die Discokugel schwankte unter der Decke, jetzt überzog sie die Gesichter der Menschen, die an Juliette hinaufsahen, mit panisch umherfliegenden Lichtpünkchten. Juliette musste sich beim Aufstehen an ihr gestoßen haben. Sie ließ die Menschen, von denen ärgerliche Geräusche zu ihr heraufdrangen, hinter sich und lief in Richtung Küche. Von den Wänden blitzten ihr Säbel entgegen. Fahnen ragten aus einem Wald. Juliette war fast bis zum Ende des Saals vorgedrungen, wo zwei große Schlachtgemälde einander gegenüberhingen. Das Arrangement wirkte so, dachte Juliette, als gehörten die Bilder zusammen und als seien zwei Parteien, die eine links, die andere rechts, darauf abgebildet. Ein großer Teil der Figuren war zu Pferd, ein anderer stand in kniehohen Stiefeln auf der Wiese und stach mit langen, unsinnig spitz aussehenden Säbeln in den Himmel, der angesichts der sich wohl bald zutragenden

Schlacht gerade im richtigen Moment aufgeklärt hatte. Sie würden aufeinander losstürmen und sich genau dort treffen, wo Juliette jetzt stand. Sie warteten nur auf ein Zeichen.

Juliette hörte ein dumpfes Geräusch, das sehr laut gewesen sein muss. Sie wusste nicht so recht, woher es gekommen war, aber sie bemerkte, dass etwas sie am Laufen hinderte. Sie warf einen Blick zurück in den Gang, aus dem ein Meer blass gewordener Gesichter sie ansah, und da verstand sie, dass sie wohl an einer der Tischdecken hängengeblieben war, die sie mit sich gerissen hatte. Hinter ihr zog sich eine Spur aus zerbrochenen Gläsern und Besteck über den Boden. Sie sah herab, wo sich die Tischdecke um ihre Fesseln gewickelt hatte.

Juliette zuckte mit den Schultern, hob einen Fuß nach dem anderen aus dem Knäuel und lief auf ihr Ziel zu. Ein Mann mit Oberlippenbart trat im letzten Moment aus der Tür, blieb im Rahmen stehen und versperrte ihr den Weg. Juliette machte einen Schritt nach vorn, dann beugte sie sich herunter, um mit ihm zu sprechen. Seine Augenbrauen waren voll und schwangen sich zu einer besonderen, geradlinigen Form auf, und seine Lippen, die unter dem Klappern der Zähne zitterten, waren voll und vom Blut ganz pink. Juliette öffnete den Mund, doch der Mann riss die Augen auf und verschwand sofort mit vor Furcht zerfahrenen Zügen in die Mitte des Saals. Juliette war müde von der ganzen Sache und wollte heim, doch nicht ohne zu essen, denn der Rückweg war lang und beschwerlich, und vor dem Morgengrauen würde sie nicht im Bett sein.

Es hatte Ochsenschmorbraten gegeben, und Juliette fand neben einem Eimer mit nur notdürftig abgenagten Knochen noch zwei Bleche Gratin und eine Schale mit Äpfeln, von denen sie sich zwei für den Weg einsteckte, nachdem sie genug gegessen hatte.

Gerade als sie dabei war, sich die Saucenreste aus dem Gesicht zu wischen, bemerkte sie, dass die Musik draußen verstummt war. Stattdessen nahm sie ein seltsames Rumoren wahr, das klang wie das Stampfen zahlreicher Füße auf hölzernem Untergrund und immer wieder von einzelnen Rufen unterbrochen wurde. Juliette sah sich noch einmal um, ob sie etwas vergessen hatte, dann rieb sie sich die Haare aus der Stirn und trat aus der Tür.

Mit dem, was sie dann sah, hatte sie nicht gerechnet: Der ganze Saal hatte sich von den Plätzen erhoben. Die Menschen standen nun eng aneinander gedrängt, jeder mit Messer und Gabel bewaffnet, manche trugen auch Kerzenleuchter und Tortenheber in der Hand, in der Mitte des Saals.

Es sah aus, als hätten die Menschen sich zu einem Heer zusammengerottet. Den Mann mit dem Erbsenkopf erkannte sie in der vordersten Reihe wieder. Er hatte seinen rechten Schuh ausgezogen, den er in diesem Moment über dem Kopf kreisen ließ, während er kriegerische Laute ausstieß, wohl um die Menge um ihn herum anzufeuern.

Juliette wägte ab, was sie nun tun sollte. Als sie einen kleinen Schritt nach vorne machte, verstummte das kriegerische Geschrei mit einem Mal und wurde von einer Stille abgelöst, die Juliette noch unangenehmer war als der Lärm zuvor. Die Stille hielt einige Augenblicke lang an und die Menge verfiel in ein fast tierisches Raunen. Der Alleinunterhalter, der sich als Einziger nicht der Horde angeschlossen hatte, sondern hinter seinem Musikpult kauerte, hob – vielleicht, weil er die Spannung nicht aushielt – plötzlich eine Hand aus seinem Versteck hervor, um am Mischpult einen Knopf zu betätigen, sodass mitten in die Stille hinein ein romantisches Eingangs-Riff aus den Lautsprechern brach. Juliette wusste plötzlich, was zu tun war. Kurz hielt sie inne, dann fuhr sie mit der Zunge über ihre Lippen, neigte den Kopf etwas zur Seite, schob den Finger in den linken Mundwinkel und zog ihn in Richtung Ohr. Dann schlug sie die Augen klimpernd nieder und lächelte freundlich.

LA CHIENNE PARISENNE

Alles roch nach Haut und etwas zu essen. Sie stand am Fenster und wischte Zeichen in die beschlagenen Scheiben. Sie ging zu spät ins Bett und stand zu spät auf, alle Tage waren gleich kurz geworden, setzten sich zusammen wie aus Pappe. Sie holte Kirsch vom Kindergarten ab, setzte ihn auf das Fensterbrett und strich ihm die Haare aus dem Gesicht. Seine Wangen waren rot und sein Kopf eine Murmel ohne Ohren auf einem kleinen Hals. So klein, dieser Hals. Man könnte ihn brechen, dachte sie.

Die Tür des Anwalts war groß. Die Art von Tür, die schweigt, bevor sie geöffnet wird. Der Anwalt sah müde aus, und sie wollte ihn umarmen, tat es aber nicht.

Der Anwalt gab ihr Tee, und alles roch nach Pfefferminze, als würde es durch die Fenster hereinziehen. Der Anwalt war schön, und sie tauchte ihre Nase in den Tee und verbrannte sie daran. Sein Körper war weich und warm, ein Zimmer mit Licht. Sie wollte es atmen. Er weckte sie, und sie zog sich an, es war Morgen geworden, und das Licht war blass und klar, im Treppenhaus stieg ihr Atem auf, und auf der Straße drückte sie ihren Finger in den Frost im Gartentor.

Es war zu früh, um zu trinken, aber sie wollte es nicht anders. Sie setzte sich auf eine Bank und kratzte mit der Schuhsohle Eis aus einer Pfütze, Kinder schrien, und es wurde Frühling.

Kirsch lag in seinem Bett und hatte Fieber. Sie drückte Zäpfchen in seine kleine rosafarbene Öffnung und weinte um sein Leben, wenn er schlief. Das tat sie oft: um sein Leben weinen, auch wenn er nicht krank war. Kirsch wurde gesund, andere Kinder berührten seinen Körper, ein Kind streckte seinen Finger in sein Ohr, und es machte ihr etwas aus, als sie es sah. Sie weinte viel, über eine Amsel, nur über den Klang des Wortes weinte sie, über eine Frau, die auf dem Spielplatz stand und eine leere Schaukel anschob, und über ihre Haare, die violett waren, als sie in den Spiegel sah, sie waren violett, und sie hatte es vergessen.

Das Gesicht der Frau auf der anderen Seite des Raums war halb beleuchtet von der Lampe des Wartezimmers, und sie trank aus einer Glasflasche. Sie hatte sich ihr gegenüber hingesetzt, um sie trinken zu sehen. Sie trank schön, die braune Flüssigkeit fiel in ihren Mund und verschwand, und sie wollte ihren Oberschenkel berühren in der hellblauen Jeans. Sie hatte einen Grasfleck am Knie, als wäre sie auf den Knien gerutscht. Eine erwachsene Frau. Sie tranken aus Pappbechern, es roch nach Zigaretten, und ihre Jacken machten Geräusche, als sie sich zum Abschied umarmten. Die Frau hieß Elsa.

Die Lichter warfen sich rot auf die Straße, und Elsas Gesicht hinter dem Lenkrad war groß und hell, und Kirsch lachte über ihre Nase, dann schlief er ein und sie fuhren noch immer. Es war Wald geworden und Nacht und Wald und wieder Nacht, und dann waren sie da.

Das Haus war klein und stand rot und wie ein Streichholzkopf vor dem weißen Himmel. Elsa bückte sich, um den Schlüssel aus dem Korb zu holen, und sie konnte die Haut an ihrem Rücken sehen. Kirsch saß auf dem Tisch und der Strom surrte wie alter Strom und alles hier war klein und verlassen, aber es war jetzt ihr Zuhause.

Nachts hörte man die Autos, sie zählte die Autos zusammen mit Kirsch, zhhm, zhhhm, ein Lastwagen oder ein Sportauto, zhhm, und dann schlief Kirsch ein, ohne noch einmal nach der Schule zu fragen, ohne nach einem anderen Kind zu fragen, ohne nach ihrer Wohnung zu fragen, er schlief und sie weinte, sie weinte jetzt ein letztes Mal.

Elsas Atem war nass auf ihrem Hals, und sie zog sich langsam von ihrem nackten Körper weg, der dalag, weiter atmete, Elsa und Kirsch, sie atmeten zusammen, sie erfüllten das kleine Haus mit ihrem Atmen genug.

Der Abend war kälter als sonst, und die Nässe biss in ihre Zehen, aber da war der Wald und dahinter die Autos zhhm, zhhhm, und als sie zwischen den Bäumen zurücksah, drang schwach das Licht aus den Fenstern des Hauses, das sie zurückgelassen hatte.

ORAS TRAUM II

Sie lief ins Feld. Stieg aus der Wärme des Zimmers in die Nacht. Ihre Waffen lagen unter der Türschwelle, dort hielt sie sie versteckt. Bewaffnet sein, dachte sie. Das Gebirge am Horizont war fahl. Ein Tier schrie jetzt in seinen Falten. Die Sonne stand tief, aber sie war noch da. Sie zog den Berg hinauf, von dort konnte man hinab ins Tal sehen. Das Gras am Wegrand war trocken. Es bringt Unglück, die Schritte nicht mitzuzählen. Der Sonne ist bang, ihr ist übel, eine Bläulichkeit zieht sich über sie, sie blendet mich, dachte sie. Wenn man jung ist, spürt man sich kaum. Sie spürt sich jetzt zum ersten Mal.

Steine fallen hinab, ein Stein fällt hinab, den sie trat, er fällt und fällt in den Spalt, er schreit, der Stein, wie das Tier. Sie zieht sich das Fell um die Schultern, sie läuft, und es wird dunkel. Jetzt ist es Nacht. Der Mond, denkt sie. Wo ist der Mond? Der Gipfel, dort. Ihre Beine, schwer. Ihr Herz, Asche und Regen. Sie hebt den Kopf, als täte es jemand anderer, der ihn zum Himmel dreht.

Sie kann die Lichter des Dorfs sehen. Dazwischen das Dunkel um das Haus. Sie sieht den Rauch aufsteigen über dem Haus und sie hört die Stimmen, die von dort nach oben dringen. Aus dem Haus, das jetzt dort unten in Flammen steht.

M. DELROUX VI

Als M. Delroux das erste Mal bei mir zu Hause war, hatte er Streit mit einem Nachbarn. Er kam nach oben ins Wohnzimmer und aß, aber man konnte ihm ansehen, dass er wütend war. Er aß, und sein Gesicht war rot. Seine Augen flogen im Raum umher. Ich glaube, dass M. Delroux wütend war, weil man ihm etwas, das er wollte, nicht gegeben hatte. In dieser Zeit kam M. Delroux einmal in mein Zimmer, um mit mir zu spielen. Ich saß auf seinem Rücken und wir spielten Tiere. Wenn M. Delroux gewusst hätte, was ein Tier für mich war, hätte er vielleicht niemals mit mir gespielt.

LA REINE ROUGE

Die Königin auf ihrem Thron, der Pelz, schon speckig, hängt herab, den schweren Kopf mit müden Augen auf dem Doppelkinn ruhend, sieht der Närrin zu. Bald öffnet sich eine Klappe, wenn es so weit ist, wenn es so weit ist, eine Klappe unter dem Thron, und die Königin fällt – ein altes Stück Obst – in die Grube, den jahrtausendealten Kompost am Boden des Schlosses. Die Närrin blinzelt mit einem Auge immer schon, wartet auf diesen Moment, blinzelt und hofft, das Fallen, der Schrei, der aus dem Schacht nach oben klingt, übertönt ihren eigenen, erlöst sie für einen Moment in ihrer Verbiegung. Dann ruht sie kurz. Hat Zeit, ihre diamantbesetzten Schuhspitzen zu betrachten. Eine neue Königin kommt sogleich. Wird von den Wachen an den Armen durch die Schranktüren geschleift. Das Lächeln der Verdammnis im Gesicht. Man muss die Klappe immer geschlossen halten, sobald die neue Thronfolgerin sich darauf setzt, sonst berauscht sich die Gefolgschaft an den Dämpfen, die nachts aus der Grube aufsteigen.

MONPÈRE

Mit offenem Hosenstall watet Monpère im Dunkeln um den Festungsgraben.

Der Wind säuselt in seinem Bart, und der Matsch schmatzt an seinen Stiefeln. Es ist kalt auf den Feldern geworden. Im Himmel sieht man die Krähen schreien. Nur oben brennt Licht: Die Königstöchter haben die Festung gestürmt.

Die Uhr ging *DONG DONG*, da standen sie in den Türen der Schlafgemächer, zwölf in jeder Tür waren es. Sie lachten erst kaum, dann viel zu sehr, die Baldachine bebten, als sie auf die Betten zustürmten, um das Königspaar in Grund und Boden zu raufen.

Nun tapsen sie mit ihren Umhängen durch die Gänge, nackt drücken sie ihre Füße auf die marmornen Böden. Eine schiebt ihren Kopf unter der Tür durch, eine andere steht darüber, die Arme gegen die Spiegel gepresst, so trinken sie gegenseitig ihre Flüssigkeit.

Der Wind schlägt um die Festung und die neuen Königstöchter stecken ihre Köpfe aus den Schussscharten. Sie blicken hinunter auf die schweren Schultern Monpères, der aus dem Wald gekommen ist. Oh ja, da kommt er her. Da hat er sich am Holz gerieben, da hat er seinen Duft versprüht. Da hat er seinen Blick ins Unterholz gegraben, und jetzt steht er vor den Toren und wartet nur darauf, dass sie ihn hineinlassen.

Doch die Königstöchter werden ihn nicht lassen, sie werden ihn nicht lassen. Denn Monpère ist nur gut, solange man auf ihn wartet. Lässt man ihn herein, so tritt er die Blumen um, reißt den Königstöchtern die Zöpfe vom Kopf und will bedient werden. Aber die Königstöchter, sie haben Besseres zu tun. Sie stechen sich gegenseitig Ohrlöcher und lernen neue Tricks mit Taschenmessern. Nur nachts sagen sie leise seinen Namen unter den Decken, wenn sie von weit draußen sein Schnarchen hören.

OPHÉLIE

Dies ist die Geschichte von Ophélie.

Ophélie war verliebt.

Glücklicherweise machte das aber nichts.

Ophélie war irgendwann zu dem Schluss gekommen, dass Liebe nicht, wie allseits angenommen, etwas war, das einen zu sofortigem Handeln bewegen musste, zu überstürzten Aktionen wie Abendessen und Kinderzeugen, sondern dass es, im Gegenteil, besser war, in dieser Liebe einfach auszuharren. Eine Spinne, das weiß man ja, wächst auch erst zu ihrer wahren Größe heran, treibt man sie in eine Ecke und hält sie dort.

Die Liebe, anhand deren Ophélie diese Entdeckung gemacht hatte, war die zu einem Wrestler gewesen, dem sie beim Spazierengehen im Park begegnet war. Ophélie und der Wrestler waren ins Gespräch über eine übervolle Mülltonne geraten, und während der Wrestler so dagestanden und das Loch betrachtet hatte, aus dem ein paar verdellte Dosen und ein ketchupverschmierter Pommesteller herausstanden, verstand Ophélie, dass sie gerade im Begriff war, sich in diesen Menschen mit den wilden Locken zu verlieben. Als Ophélie etwas unternehmen wollte, um dieser Liebe Ausdruck zu verleihen, drückte der Wrestler seine Zigarette in den Ketchup, wandte sich ab und verschwand, ohne sich zu verabschieden, in einer Traube aus Hundebesitzern.

Ophélie war an diesem Tag mit nichts als einem winzigen Funken Hoffnung zurückgeblieben, der in den nächsten Wochen leise und grausam in ihr fortglimmte. Ophélie war schon kurz davor gewesen, die Hoffnung aufzugeben und auch dieser Liebe, wie schon anderen zuvor, in sich den Garaus zu machen. Da hatte sie durch einen Zufall eine Entdeckung gemacht:

Sie fuhr in ihrer Vorstellung sein Gesicht ab: seine Augen, die im Schatten der Blätter so aufgeblitzt hatten, seine Hand, die die Zigarette umklammert gehalten hatte; und während sie das einfach so dachte, spürte sie, wie die Kaufhausmusik, die leise aus den Lautsprechern drang, sich in ihr verstärkte; und je mehr sie an ihn dachte – sie dachte jetzt an das T-Shirt, das er getragen hatte, als er ihr von dem »Flying Knucklesucker« erzählt hatte, mit dem er das gesamte Komitee der städtischen Parkverwaltung samt ihrer niederträchtigen Mülltonnenpolitik ausknocken könnte; alles, während unter seinem T-Shirt ein kleines rosafarbenes Band seines Bauchs hervorgeblinzelt hatte – je mehr sie eben so an ihn dachte, desto mehr hoben die kleinen Triller sich beim Wechsel der Melodien in Ophélie an und erfüllten sie mit einem kleinen, aber durchdringenden Kitzeln.

Ophélie hob die Mandarinen in ihren Korb und stellte sich jetzt vor, wie sie nur in Unterwäsche bekleidet über die Oberschenkel des Wrestlers rutschen würde und wie seine Augen ihr entgegenblicken würden in einer Mischung aus Erstaunen und Verehrung, während ihr Körper ungehalten vor seinem Gesicht auf und ab donnerte. Ophèlie war wie beflügelt.

Bald fand Ophélie heraus, dass sie, dachte sie nur genug an Dinge wie die mit dem Oberschenkel, in der Lage war, alles andere auszublenden. Die unerträgliche Wartezeit auf dem Postamt, lange Busfahrten und selbst ihren wöchentlichen Termin bei der Fußpflege konnte sie mit einem einzelnen Gedanken mit einer solchen Intensität füllen, dass sie sogar vergnüglich wurden. Eines Nachmittags hatte Ophélie sehr lange an der Bushaltestelle gesessen und an die Ohrläppchen des Wrestlers gedacht, als sie – aus einer plötzlichen Mitgerissenheit heraus, die keinen äußeren, nur einen inneren Grund haben konnte – beschloss, dem Wrestler im Park aufzulauern. Sie hatte zwei Flaschen Limonade eingepackt und stellte sich die ganze Fahrt über vor, wie der Schatten der Blätter diesmal auf ihr Gesicht fallen würde, wie ihre Handtasche in der Sonne reflektieren und wie der Wrestler, ganz überschwemmt von der romantischen Atmosphäre um die Handtasche und die Blätter, seinen Finger an ihr Kinn heben würde, um sie einfach so, weil sie das richtige Getränk für ihn ausgesucht hatte, auf der Stelle zu küssen. Ophélie dachte all das, während die Stadt an ihr vorbeizog, und war nun schon in Gedanken daran abgeglitten, wie sie den Wrestler an den blondierten Locken durch sein Wohnzimmer ziehen würde (in das er sie nur aus dem Gefühl des Nachmittags heraus mitgenommen hatte), um ihn im Handumdrehen auf die Couch zu verfrachten, ihm sein Lederhöschen auszuziehen und ihn aufs übelste zu besteigen, als sie ganz plötzlich ein Gefühl der großen Erleichterung überkam.

Niemals, dachte sie, während sie aus dem Fenster auf die vorbeiziehenden Wohnblöcke sah, die jetzt klar und weiß aufleuchteten, würde diese Szene Wirklichkeit werden. Nicht, wenn sie nicht ausstieg. Wenn sie nicht ausstieg, dann würde sie das Wohnzimmer, das sie sich vorstellte, nie betreten, und wenn sie es nicht betrat, dann würde an das, was dann geschehen würde, auch niemals ein gemeinsamer Fernsehabend anschließen, zu dem sie Snacktüten von der Tankstelle durchs Treppenhaus in die Wohnung tragen müsste. Niemals würde der Wrestler eine solche Tüte geräuschvoll öffnen und seine vom Fett nassen Finger zum Dank hinter Ophélies Ohr legen. Ja, niemals würde sie diesem Mann die Socken ausziehen oder die Stirn küssen müssen, und niemals würde all der Sex, der ihr in diesem Moment in den Ohren brauste, in der Trägheit des Alltäglichen versanden. Sie hatte die Freiheit, nur hier in diesem Bus sitzend, in diesem wundervollen Gefühl zu existieren. Ophélie biss sich vor Machtlust auf die Zunge.

Die nächsten Monate über übte Ophélie, dieses Gefühls Herrin zu werden. Blieb sie abstinent und hielt sich da-

von ab, auch nur den geringsten Kontakt zu dem Wrestler herzustellen, dann verwandelte sich ihr Geist in ein
Gewächshaus. Zuerst hatte sie nur mit kleinen Szenen
experimentiert. Angefangen mit dem Gedanken an
eine einzelne Haarsträhne oder ein einziges Nagelbett
des Wrestlers. Dann stieg sie tief hinab in das Rosa seiner zerkaut-männlich aussehenden Nagelhaut, das sie
sich zwischen ihren Lippen vorstellte, und beobachtete
vorsichtig, wie sich das Gefühl gegenüber diesem Kör-
perteil aus ihrem Inneren zu leisen und dann immer
wilderen Schüben hochdrehte. Etwas später versuchte
sie, die Szenen zu kombinieren, schichtete sie in Gedanken über- und untereinander. Es funktionierte er-
staunlich gut. Schon nach zwei Wochen war Ophélie in
der Lage, die Szenen ohne Unterlass oder Intensitäts-
verlust zu ausschweifenden Collagen aneinanderzurei-
hen. Ihre Tage waren nun etwas anderes, als sie es zuvor
gewesen waren. Tagein, tagaus konnte Ophélie all diese
Bilder vor ihrem inneren Auge ablaufen lassen, um sich
in jeder freien Sekunde zwischen einzelnen Gedanken,
zwischen einzelnen Worten, die sie sprach, zwischen
einzelnen Sekunden daran zu berauschen.

Jahre nach dieser ersten Erfahrung hatte Ophélie ihre
Technik perfektioniert. Sie wechselte die Objekte ihrer
Schwärmerei nun systematisch alle zwei Wochen. Zu
dieser Zeit war es ihr Volkshochschullehrer für Französisch II, den sie zu lieben beschlossen hatte. Der Lehrer war früher ein Künstler gewesen, der einst große
Blutbilder gemalt hatte, was leider ohne jeden kom-

merziellen Erfolg geblieben war. Deshalb war er dazu übergegangen, Französisch II an der Volkshochschule zu unterrichten. Ophélie wusste, dass er mit einer Frau und einem Kind zusammen in einer Wohnung neben der Hochschule lebte. Nach Französisch II war sie ihm einmal dorthin gefolgt und hatte ihn durchs Fenster dabei beobachtet, wie er sein Kind unentschlossen auf den Schultern in der Wohnung herumtrug. Die Mutter des Kinds, das hatte Ophélie herausgefunden, war eine Historikerin, die ihre Dissertation über die Zierwäsche des Herzogs Karl von Lothringen geschrieben hatte. Auf den Fotos, die Ophélie auf der Seite des Sommerfestes der Hochschule entdeckt hatte, strahlte sie einen besonderen akademischen Sexappeal aus. Diese Details über die Frau kamen Ophélie wichtig vor, denn auch wenn sie nichts dergleichen geplant hatte, nein, es sie im Gegenteil ganz plötzlich und wider alles, was sie kannte, was sie gewöhnlicherweise empfand, überkommen hatte, war es gerade der *Alltag* dieser beiden Menschen, der sie erregte.

Seit die Gefühle für den Lehrer in ihr aufgelodert waren, hatte sie jede freie Minute damit verbracht, sich vorzustellen, wie die beiden sich in ihrer Wohnung gegenübersaßen. Wie sie in weichgekochten Nudeln herumrührten und sich über die Tischplatte hinweg verrätselte Kosenamen wie »meine kleine Robbe« entgegenflüsterten. Wie sie ins Bett gingen, um sich gegenseitig zuzudecken.

Ophélie legte sich auf die Couch, schloss die Augen und fantasierte die Langeweile des häuslichen Lebens dieses Paars in der ganzen Niedertracht der Details. Bis sie von einer unaufhaltsamen Erregung überfallen wurde. So war es: Die Fragen, ob die Frau Hausschuhe trug, und wenn ja, welche, und ob er Untersetzer benutzte, befeuerten sie so sehr, dass sie an manchen Abenden kaum mehr an sich halten konnte. Die imaginierten Shampoospuren an den Säumen der Duschvorhänge. Die Staubmäuse zwischen den Druckerkabeln. Allein die Vorstellung der kleinlichen Zuneigung, mit der er ihren Lockenstab betrachtete, wenn er morgens die Rasiercreme auftrug, und seines Gesichtsausdrucks, wenn er sie gerade teilnahmslos schwängerte, konnte Ophélie, beinahe ohne dass sie sich dabei berühren musste, zum Orgasmus bringen.

Es muss einige Wochen später gewesen sein, als die Fenster von Ophélies Wohnung den ganzen Abend über zur Straße hin geöffnet waren und ein kalter Abendwind die Zettel und Papiere von Französisch II über den Boden verteilt hatte. So stand Ophélie bloß mit einem Nachthemd bekleidet in der Kälte der Nacht auf einem kleinen Schemel am Fenster, eine Nachbildung der Lothringischen Tiara auf dem Kopf, die sie wenige Tage zuvor ersteigert hatte. Dabei hatte sie einen Bannkreis aus Tütensuppen um sich gezogen, die sie mit großer Treffsicherheit dem sich in ihr über die letzten Wochen hinweg verfeinerten Geschmack des Hochschullehrers zugeordnet hatte, und trug nun bereits zum vierten Mal an diesem Tag das gleiche Kapitel zu »Fransen und Phobos – Lehr- und Praxiswerk des herzoglichen Zierbommels« aus der Promotionschrift der Ehefrau vor, die sie kurz zuvor raubkopiert hatte, während sie sich eine ausgiebige Mülltrennungsszene zwischen den beiden vorstellte und dazu weinend masturbierte, als sie verstand, dass sie dieses Mal die Kontrolle verloren hatte.

AUS GUTEM HAUS

Es ist eine einfache Sache. Ich betrete einen Raum, eine Familienfeier. Auf der Fensterbank sitzt ein Paar, sie trägt ein schwarzes Kleid, etwas Gewöhnliches, er trägt einen Pullover, vielleicht ein Hemd darunter. Ich spreche mit ihr, wir lächeln uns an, ihr Blick fliegt an mir auf und ab. Sie sieht jetzt meine Beine an. Er spricht mit mir, bläst dabei Rauch aus dem Fenster. Sie lächelt und wendet sich, um Wein für uns zu holen. Als sie weg ist, spricht er mit mir, so als wüsste er, wer ich bin. Sein Ton ist komplizenhaft. Als sie zurückkehrt, gibt sie uns die Gläser, für sich hat sie keines mitgebracht, sie lächelt, als würde sie mich fortlächeln wollen. Er spricht vor ihr mit mir, als sei ich eine Tochter aus gutem Hause oder eine Schülerin oder so etwas. Ich weiß, dass ich nur bestimmte Dinge tun muss. In seinen Schoß sehen, für den Bruchteil einer Sekunde, ihm wieder ins Gesicht sehen, dann ausweichen, als hätte ich die Lust verloren. Ich weiß, dass er sie nicht liebt. Sonst würde er nicht auf diese Weise mit mir sprechen. Wenn er sie liebt und dennoch so mit mir spricht, dann ist er entweder ein Feigling oder es gibt einfach Menschen, die so sind. Ich bin nicht in der Lage zu verstehen, was es ist. Wenn sie es nicht nur tolerieren würde, wenn es ihr

Spaß machen würde, wie er mich ansieht, dann wäre die Geschichte eine andere. Dann würde er mich anders betrachten, anders mit mir sprechen. Dann würde er *sie* immer wieder ansehen. Aber das tut er nicht. Er steht hier in ihrer gemeinsamen Küche und spricht auf diese Weise mit mir, und sie hasst mich dafür. Wie sehr sie mich hasst, das spüre ich, wie ich neben ihr stehe. Ich spüre den Stillstand ihres Schritts auf dem Parkett. Er hat aufgehört, mit mir zu sprechen, und starrt mich nun durch den Raum hinweg an. Sie spricht mit den anderen, und ich spüre jedes Wort. Jetzt sprechen sie über Amsterdam. Was in Amsterdam geschieht, verstehe ich nicht, aber ich will etwas sagen, weil ich schon einmal in Amsterdam war. Ich öffne den Mund und sage etwas, ich erinnere nicht mehr, was, und sie blickt mich strafend an. Amsterdam steht über mein Gesicht geschrieben. Jetzt lacht sie, so als hätte ich etwas besonders Unterhaltsames gesagt, und lacht in die Gruppe, um mit der Gruppe über mich zu lachen. Ich lächle über das ganze Zimmer hinweg und sehe auf die andere Seite, von wo aus er mich noch immer mit diesen Augen anstarrt, die jetzt violett sind und sein hundeartiges Gesicht verdrängen.

Etwas mit rotem Stift auf ein weißes Stück Papier geschrieben.

THE
WHOREWOW DICTIONARY

Nutte (nattε), Schicksenilly, Dirney, Fallgirl, Angeldangel Bang,

Fluttchen, Schlimpi, Schlampampe,

La Forêt,

La Forêt est obscur,

La Nuit, La Lune, la Prostitonaute,

Kurtinsane, Glitz Fritz, Wilde 1, Secret Service, Auntywowie, Nunny, Humsy, Veronico Bling,

The Story of a Privatieresse Inofficielle,

Spiderinny, Mimiesque, Lausmimmsy, Rokokokokotte, Kanailleoohooo, Ruinenratty, Vainymainy Puff Puff, Luxuriousy Brousy, Kiss Me Beneath the Milky Twilight, Ratspinster, Bangerohoo, Hollygolightly Murder, Someone is Dead,

The Empire State Building,

streets, dirty light and pizza, there are a lot of French fries in Paris,

Salty Walty Wink, Lustgirl on the Highway Sire-eh-eh, Naked Cats,

Lottery Pensionaire, Marching Woman with Scumboots, Blow Up, Star of the Highway, Truck Driver with Lethal Ambition, Imperio Armaniieh, Gutschiwutschi, Dada, Yaya, cry me a river ah-ah, with your cum covered sexy back, you glitzy Whorewowow, get out of this fine dine mansion, you Lickerywiener with your dirty fry fingers, down, down, doodie, the rabbit whole of skanky pranky self destruction, you Blowstess.

Shrink, little dum dum, to the size of a slutnut.

Hahaa.

Dead.

Boom Bang, Bowsie.

Oh no. Alive.

Shut up. Shut that FRUMMSY

CLUMSY

LOWTEL MOUTH

And save yourself.

You,

bunnywunny,

Boe.

REVLOVER

Isabellas lange Knochen liegen hier. Zusammengelegt auf dem Sofa. Wie ein Brief.

Sie blickt auf das Bild auf der Postkarte, die sie aus dem Umschlag geholt hat, eine Dame in einem Kleid aus Tüll vor schwarzem Grund, die Dunkelheit, aus der sie schaut, das Kleid, die Helligkeit des Zimmers.

Isabella denkt an das Zimmer in London, das Haus ihrer Großeltern, den Garten dort. Der Geruch von frischen Blumen, eine seidene Luft. Alles dort ist immer frisch gewaschen, die Haare ihres Großvaters, das Gesicht ihres Großvaters, das synchrone Lachen ihrer Großeltern, frisch gewaschen, und es riecht nach Scones.

Sie sind am Hafen entlanggegangen. Sie sind mit einem Boot gefahren. Und ihr Großvater ist das alles, die Fahrt über das Wasser, seine Schritte, ich sehe sie jetzt den Abhang hinuntergehen, über das Moor, seine dünnen Beine, zusammengelegt, nur die Knie stehen hervor und sein Lachen unter dem Hut.

Das Wohnzimmer hat hohe Decken, und da stehen geblümte Sofas gegenüber. Leere Sofas, geblümt. Und Isabella sitzt auf dem Boden auf der Terrasse. Isabella spielte Poker mit den Kindern der Hausangestellten, sie können es besser als Isabella, und Isabella ist nicht da, in den Zeichnungen der anderen Kinder auf dem Papier, der Bleistift, ihre Finger und das Papier, in dem Kreuz und Quer der Regeln und Punkte, und ist in der Luft hier draußen, über den puderfarbenen Kleidern von allem, eine Waffe, eingeschlossen im Schrank.

Wenn Isabella die Erde sieht, dann sieht sie das Dunkel und ihre Knochen. Weißer Kalk vor dunklem Grund. Sie sieht die Lagune. Dann ist die Waffe schwer, und dann sieht sie die Kinder und den Himmel dort und ihren Großvater, wie er neben ihrer Großmutter auf dem Sofa sitzt und aus dem Bild schaut vor schwarzem Grund in die Helligkeit ihres Zimmers.

BLESSURES

Am nächsten Morgen ist die Luft klarer, wie kurz vor einem Gewitter. Ein Vater mit einem Kind geht an mir vorbei, und weil ich den Blick zum Himmel gerichtet habe, sieht er meinem Blick nach, als ob er dort finden würde, was ich sehe. Er verschwindet in meinem Augenwinkel, sein Kind blinzelt mir verschlafen hinterher. Ich erinnere einen Traum, heute Nacht oder in einer anderen Nacht; darin bin ich das Kind und die Mutter, gehe neben ihm. Ein Tiger kommt uns vom Haus hinterher. Er steigt vor mir auf, ich drücke das Kind an mich, um es zu schützen, und er schlägt mir seine Krallen in den Rücken. Schlägt seine Pranke durch den Stoff, die Wunde tritt unter dem schwarzen Pullover hervor. Daneben bin ich, nur kleiner, ein Kind, ich bin verletzt und vergrabe mein Gesicht in den Händen. Der Tiger schlägt nun nach mir, nach dem Kind, das wie eine Puppe nachgibt, den Kopf wie geworfen abwendet, er tötet es noch in der Luft.

Jetzt steht er wieder vor mir. Ich sehe mich, wie ich ihm gegenüberstehe, Rücken an Rücken stehen wir in einer großen Altbauwohnung, in der er lebt. Ich und er, wir sind zwei Raubtiere mit aufrechter Haltung. Sein Kopf ist erhoben, nüchtern. Hungrig schauen wir in die gleiche Richtung. Ich bin stark, wenn ich hungrig bin. Meine Wut ist glanzlos. Schaum vorm Mund und in den Augen. Nichts Ehrwürdiges ist darin, nur die Klarheit des Blicks, der im Schatten ruht, auf Beute wartet.

JULIETTE ET LE LOUP

Juliette hatte am Fenster gestanden, die Sonne war durch die Scheiben gefallen und hatte ein flaumiges Schimmern auf ihre Wangen geworfen. Dabei hatte der Wind ihr zu allem Überfluss auch noch das Kräuseln, für das sie einst berühmt geworden war, um die Nasenflügel getrieben. Es ist schwierig, sich vorzustellen, wie sehr die ständige Glückseligkeit angesichts der eigenen Schönheit einen Menschen aufreiben kann. Das Gefühl ist tief und kann einen derart überraschend überfallen wie sonst nur eine plötzliche Gewalttat. Jede noch so kleine Annäherung an einen Spiegel, auch bloß im Vorbeigehen, wird für eine solche Person zur Gefahr.

Juliette beschloss, da der erste Teil des Tages schon so kräftezehrend gewesen war, sich nur noch draußen aufzuhalten, fernab von Autos. Autofahrten waren in diesen Tagen für Juliette das Schlimmste. Der Fahrtwind im Haar. Das Wehen des Seidentuchs und der schwarze Glanz der Sonnenbrille auf ihrer Haut. Die Spiegel zu allen drei Seiten. Juliette wollte den Wagen schon ein paar mal vor Wonne gegen die Leitplanke fahren.

Sie war ein wenig durch den Wald gelaufen, nicht ohne ein paarmal laut aufzulachen, als sie sich dabei ertappte, dass sie in den leichtfüßigen Gang eines Beeren

pflückenden Mädchens gewechselt war, den Arm ange-
winkelt, als trüge sie ein Körbchen, oder in das lautlose
Tasten einer Schlafwandlerin, die im Begriff war, dem
Bären oder dem Wildschwein, das im Unterholz lauerte
und ihr an die Wäsche wollte, geradewegs mit bleichen
Wangen und Mondscheinlächeln in die Arme zu laufen.
Juliette erschrak vor ihrem eigenen Lachen, das durch-
dringender und lauter klang als sonst und über ihrem
Kopf ein paar Vögel aus den Bäumen gescheucht hatte.
Sie sah auf ihre Füße hinab. Zwischen den Sandalen aus
rotem Lack hatten sich ein paar Zweige verfangen. Sie
beugte sich vornüber, um sie herauszuzupfen, zögerte
dann aber einen Moment, als sie bemerkte, dass ihre
Füße seltsam blass waren und ganz aus der Form geraten zu sein schienen, auf die plötzliche Art, in der Juliette sonst nur fremde Gegenstände von einem Moment
zum anderen eigenartig formlos erschienen. Etwas an
dem Anblick erleichterte sie, und so ging sie, die Füße
wie schwere Schaufeln nachziehend, weiter ihres Wegs.
Der Himmel war offen, und ihre Augen bekamen hier
im Wald eine sonderbare Klarheit. Sie konnte alles auf
einmal sehen. Die Bäume und die Zeit. Sogar die Um-
kehr in den Dingen und die Unfruchtbarkeit einer jeden
Sekunde.

Als sie stehenblieb und nur horchte, fiel neben ihr
ein Blatt zu Boden. Sie hob es auf, und ihre Nägel tranken von seinen Adern, die im Licht rot durch die Pflan-
zenfasern schienen.

Ein Gefühl von Freiheit stieg ihr in die Ohren, und
Juliette summte eine kleine erfundene Melodie, der sie

gestattete, ein wenig hässlich zu sein. Sie war auf eine Lichtung gelangt, über der unsinnige Insekten in trägem Flug mit herabhängenden Beinen trieben. Juliette war müde von der Luft und ihrem Wachstum, das sie nun in jeder Pore ihres Körpers spürte, und so beschloss sie, sich hinzulegen. Mit den Händen tastete sie über das Gras und spürte der Wärme der Erde nach. Dann schlug sie sich ihre Nägel in die Wangen. Sie konnte das Blut spüren, das warm über ihr Kinn rann und sich in der kleinen Grube über ihrem Schlüsselbein sammelte, als sie die Augen schloss.

Sie wachte von einem schiefen Gesang auf, der von oberhalb der Baumwipfel zu kommen schien. Juliette hätte sie aus der Ferne beinahe nicht erkannt. Doch war es ganz eindeutig. Sie ging so langsam über die Lichtung auf sie zu, dass Juliette glaubte, ihre Beine müssten bis zu den Fesseln in der Wiese versunken sein und sie müsse gegen diesen Widerstand ankämpfen, als würde sie durch Wasser gehen. Juliette war noch zu verschlafen, um zu schreien, und so blickte sie ihr nur stumm entgegen und blinzelte in die Sonne. Als sie nur wenige Sekunden später ein paar Meter vor ihr stehen blieb, wusste Juliette, dass es nun bereits zu spät war. Sie runzelte die Stirn und legte die Lippen, die Juliette Tausende Male auf den Titelblättern der Zeitschriften gesehen hatte, zu einem kunstseidenen Lächeln zurecht. Juliette spürte, wie auch ihre Mundwinkel sich in der Erwiderung von selbst verzogen. Als sie den Finger auf den Steg ihrer katzenäugigen Sonnenbrille legte, um sie nach unten zu schieben, während sie sich zu ihr herabbeugte, sagte Juliette keinen Ton. Sie sah es aber noch: das Aufblitzen des winzig kleinen Kräuselns um ihre Nase, im Spiegel der schwarzen Pupille, als sie den Atemzug – von dem sie nun sicher war, dass es ihr letzter sein würde – zu bewahren versuchte, so lange es ging. Sie wollte wissen, wen von ihnen beiden es zuerst träfe.

SHANGRI-LAH

Die Zähne, angewachsen im Mund, kämpft Elodie sich zur Welt hervor. Ein Loch in beiden Augen.

Sie kann sofort laufen. Springt von der Brust hinab. Taumelt durch die Gänge. Das Haar aufgetürmt zu einem fürchterlichen Kamm. Ihr zweites Mahl ist ein Herz, das sie einem Fremden vom Operationstisch entreißt und noch im Sprung hinab verzehrt.

Sie zerschlägt das Haus, in das man sie trägt. Sie zerkaut die Tapete. Sie reißt die Tische an den Beinen weg. Sie verschüttet alles um sich.

Sie badet in den Pfützen.

Bald sitzt sie nackt im Schrank. Sie späht durch das Schlüsselloch ins Bett der Eltern. Die Eltern fliehen das Haus. Fliehen in den Garten. Hinterlassen Elodie alles. Elodie schläft auf dem Boden. Sie dreht sich auf den Teppichen. Sie trinkt aus allem. Den Teichen. Dem Ofen. Den Lippenstiften. Sie trinkt sich schwindelig. Der Umsturz ist der Schrei eines Betrunkenen in der Kurve.

Die Eltern leben in der Hütte im Garten. Sie applaudieren. Sie wissen nicht, was sonst.

Elodie aber zehrt von nichts als ihrem eigenen Gesang. Ihr Lied ist gegen die Ruinen, die sie noch umgeben. Es ist ein Mahl aus Unkraut. Ein Kuchen aus Mehl und Papier.

Liegen die Eltern in den Gräsern, steigt sie aufs Dach hinauf. Sie muss den Himmel sehen. Sie muss von dort aus singen. Sie sieht den Himmel, und ihr Gesang erstarrt vor ihr selbst. Die Züge und die Wolken. Die Ewigkeit blitzt in ihrem Auge auf. Da rafft sie ihr gezacktes Kleid und tut einen Schritt vom Dach in die Stille.

Dort, wo das Haus gewesen ist, ist jetzt nichts mehr. Nur noch der Krater, den sie hinterließ.

L'INTRUSE

L'AMOUR EST UN OISEAU REBELLE

Es war einmal ein ehrenloses Mädchen. Über das Mädchen sagte man, sie sei klein und sie sei dreckig. Ihr Antlitz, sagte man, reiche über sie hinaus.

Nirgends, weder am Gesicht noch am Körper, waren Grenzmarkierungen zu finden.

Im Grunde bestand das Mädchen aus nichts als Außenseiten.

Wenn das Mädchen ihr Zimmer verlässt, dann wickelt sie sich ein, sie tut es hastig. Ein Gesicht blitzt hervor, sie verdeckt es. So lebt sie. Tag für Tag in der Möglichkeit. Tag für Tag in der Finsternis. Sie wartet dort. Sie wartet auf das Ende der großen Ekstase. Dann, am Ende, findet sie einen benutzten Strumpf auf der Bühne. Ein Mikrofon, es rollt noch über den Boden. Seht, da ist einer gekommen. Er gräbt jetzt in den Spuren. Drückt sich das Leben ins Gesicht und will gleich wieder anfangen.

Doch das ehrenlose Mädchen vertreibt die Schnüffler. Sie vernichtet die Spuren. Sie vernichtet sie ganz und gar.

Denn sie ist es, die jetzt spricht:

Ich töte Euren König nicht.
Ich stehle all seine Gesichter.
The golden head turns fool.

Long live
the Daughterking.

LE SYSTÈME DES CHOSES

Ashley verflucht nicht, sie rüscht. Das ist ihre Strafe. Ihre Gewalt ist das Zittern der Troddeln und Quasten. Ihr Groll das Kreischen und Flackern unter deinen Lampenschirmen.

Ashley wird vor deinem Fenster aufsteigen und dich mit bejammernswerten Patterns strafen, fügst du dich nicht ihrem Willen.

Ashley ist es, die dir mit ihren flammenden Schwertern nachjagt. Die dein Ambiente beherrscht, denn dein Fleisch ist zur heiligen Arbeit in den Ecken bestimmt.

Ja, ehe du dich versiehst, wird Ashley ein neues Dekorationsobjekt wählen, das dein Haus ausrottet. Das wird sie noch heute tun.

Was? Sie tut es jetzt.

Sieh da, sie sitzt auf deinen Schultern und straft dich mit Freudenschauern, legst du es in deinen Korb. Sobald deine Füße aber die Schwelle deines Hauses betreten, wird das Ding in deinen Armen sterben. Denn es war nicht so, *wie du es dir vorgestellt hast.*

FAKE FRENCH
ANOTHER DAY IN PARIS

Du läufst hinaus. Es ist schon spät, aber noch warm. Deine Schuhe drücken an den Fesseln. Sie sind aus Plastik und klackern unruhig auf dem Pflaster.

Den Weg über siehst du immer wieder sein Foto an. Du liest seine Nachrichten, alle Nachrichten von vorne. Du willst dich erinnern. Du vergrößerst sein Gesicht mit deinen Fingern. Du willst ihn erkennen, wenn er vor dir steht.

Er hat dir ein Haus gezeigt. Eine weiße Fassade. Einen Garten aus Asphalt. Ein paar Büsche in Beeten aus Kies. Du hast dich geschmeichelt gefühlt. Er hat dir ein Foto von seinem Schwanz geschickt, aber erst, nachdem du gebettelt hast. Du magst es eigentlich nicht zu betteln. Du ziehst es vor, unantastbar zu sein, aber du wolltest seinen Schwanz sehen. Es ist zu lange her, dass du das letzte Mal einen gesehen hast. Einen, der für dich war. Er ist verheiratet, aber du hast gesagt, dass es dir nichts ausmacht. Es macht dir nichts aus, so ist es wirklich. Du bist daran gewöhnt, verheiratete Männer zu bekommen. Männer, die sich zu Hause langweilen.

Das Licht der Laterne zuckt, als du auf den Bus wartest. Du magst das Licht, aber du scheust dich davor. Du hast Angst vor dem Licht. Das Licht könnte die feinen Linien um deine Augen sichtbar werden lassen, die Schmalheit deiner Lippen. Den dichten Wuchs deiner Brauen. Du triffst dich nur nachts, denn tagsüber schwitzt du. Du schwitzt zu stark, egal ob im Winter oder Sommer. Dein Make-up tropft dein Kinn hinab und färbt deine Kleidung mit pudrigen Flecken.

Die Türen des Busses öffnen sich, Gesichter heben sich, starren zu dir hinauf. Du denkst an seine Hände, wie sie deine Hüfte entlangfahren. Ob er dann schon ablassen wird. Oder ob er warten wird, bis seine Hand die Pflaster ertastet. Den Knorpel an deinem Hals ertastet, den Saum deiner Perücke. Die Türen öffnen sich, und du trittst hinaus. Da steht schon einer im Licht der Laterne. Er trägt eine Winterjacke und Jeans. Du läufst langsam, ohne direkt auf ihn zuzugehen. Ohne so auszusehen, als tätest du es. Deine Lider spannen. Du siehst noch nicht auf. Heftest deinen Blick auf deine Schuhspitzen.

Jetzt siehst du auf. Eine Frau hastet ihm entgegen, sie umarmen sich, gehen davon.

Du wartest etwas abseits des Lichts. Es ist kalt, und du rauchst, nicht zu viel. Du willst nicht nach Zigaretten riechen. Die Autos werfen rote Flächen auf deine Füße. Deine Zehen frieren im Plastik. Als du aufblickst, ist da wieder einer. Langsam geht er an dir vorbei, sieht verstohlen in deine Richtung. Dann auf die Uhr. Er macht kehrt und läuft noch einmal an dir vorbei. Obwohl du ihn nicht ansiehst, weißt du, dass er da ist. Er ist stehengeblieben. Er hat dir den Rücken zugewandt. Jetzt zieht er sein Handy aus der Tasche und nimmt einen Anruf entgegen, den es mit großer Wahrscheinlichkeit gar nicht gibt, und verschwindet mit schnellen Schritten in der Dunkelheit. Du hast es wieder getan. Du Arschloch hast wieder zu nah am Licht gestanden.

LE TROU

*Nachdem wir fortgegangen waren, fand man in unserem
Zimmer neben einer Menge gebraucht erworbener Marken-
strumpfwaren Teile eines Telegrafenmasts und eine hand-
gezeichnete Karte. Sie gab die Beschaffenheit dieser Stadt
und alles, was über sie und ihre Eigenschaften gesagt werden
könnte, gleichzeitig in ihrer Ausdehnung und ihrem Detail
wieder.*

Wir erzählen nun, was mit Regine geschah.

WHOREWOW.

So ein Wort würden wir ja lieber nicht in den Mund
nehmen. Aber nun sagen wir es bloß ganz leise, weil wir
eben müssen, und hoffen, dabei nicht in der Dunkelheit einer Welt, in der man solche Wörter benutzt, zu
verschwinden. Wenn man den Geschichten, die man so
hört, Glauben schenken will, dann muss man zu dem
Schluss kommen, dass einem Menschen wie Regine irgendetwas *geschehen* sein musste. Ja, wenn die Leute Regine sahen, dann senkten sie den Blick. Sie blähten wis-
send die Wangen auf. Es donnergrollte von überall her,
und jetzt konnte man es beinahe schon in sich selbst

spüren: das, was da insgeheim gebrochen, geknickt, zerrütet, durchwühlt und ruiniert worden sein musste, sodass sich daraus, aus diesem verborgenen Loch in den Eingeweiden, dieser versteckten Fehlstellung im Inneren eines auf diese Weise kaputtgegangenen Menschen, der Wunsch, eine WHOREWOW zu sein, überhaupt erst hatte lostreten können. An diesem Punkt atmeten die Leute für gewöhnlich durch und schwiegen, und in diesem Schweigen sieht man sie jetzt aufsteigen: *Die gebrochene Frau* in einem roten Minikleid, wie sie mit verschmierten Augen und geladener Kalaschnikow auf dem Highway steht und weinend in den Sternenhimmel feuert. Vielleicht ist es das, was mit Regine passiert ist. Doch die einzige Spur, die so etwas hätte bezeugen können, würde sich vielleicht auf der Rückbank von Valentina Verminos Pick-up finden.

Valentina Vermino war eine berühmte Wahrsagerin, die ihre Tochter sehr liebte – im Gegensatz zu anderen Menschen. Regine hatte nie erfahren, ob ihre Mutter die Menschen in ihrer Umgebung grundlos verachtete oder ob es etwas Bestimmtes war, das sie dazu gebracht hatte, sie zu hassen. Es war jedenfalls so, dass man Valentina Verminos Namen in der Gegend, in der Regine aufgewachsen war, nur mit gedämpfter Stimme aussprach, und wenn die Menschen den Pick-up von Regines Mutter irgendwo bemerkten, dann machten sie einen großen Bogen um den Wagen, aus dem man manchmal sogar eine einzelne Krücke wütend in den grauen Himmel der Vorstadt stechen sah. Die Gerüchte um Valentina Verminos üble Laune und die Verachtung, die

166

sie anderen Menschen gegenüber auszudrücken in der Lage war, schien ihrem Ansehen jedoch nicht zu schaden: Jeden Tag suchten unzählige Menschen das kleine Haus am Ende der Straße auf, bloß damit Valentina Vermino ihnen in der kleinen Kammer unter der Treppe nichts als Mord, Krankheit und Totschlag voraussagte. Dass Valentina Vermino ihren Kunden in all den Jahren, in denen sie ihren Beruf ausübte, keine einzige positive Vorhersage gemacht hatte (nicht einmal den kleinsten Wetterumschwung betreffend) – dieses Faktum schienen ihr die Menschen zu Regines Erstaunen nicht übelzunehmen, im Gegenteil. Tag für Tag zog sich eine beachtliche Schlange von Menschen die Straße vor dem kleinen dreckigen Haus entlang, die alle mit der größten Freude das Schlimmste erwarteten.

Nun hatte Valentina Vermino, ihrer Natur entsprechend, allerlei Ansichten. Sie betrafen zum Beispiel die Beschaffenheit des Wetters (schrecklich, gemeingefährlich); das Phänomen des sich zum Schlechten entwickelnden Charakters von Menschen, die gärtnerten (es hatte einen Grund, dass Valentina Vermino sich immer nur in sicherem Abstand zu Rosensträuchen aufhielt und diese stets mit missgünstigem Blick von der Seite betrachtete). Sie hatte Theorien über die Zukunft der Raumfahrt (alles wird abstürzen), über die Zukunft der Eclairs (ebenfalls sehr schlecht) und über die Naturkatastrophen der folgenden Jahrhunderte. Die unerschütterlichste Ansicht Valentina Verminos bestand dabei jedoch in der Überzeugung, dass ihre eigene Tochter gefährlich sei. »Eines Tages«, sagte Valentina – während sie Regine ein paar Fischgrätenzöpfe flocht und dabei mit in den Mundwinkel geklemmter Zigarre auf einem zu kleinen Hocker saß und so fest an den Strähnen zog, als wäre es das Letzte, an dem ihr Körper noch hing: »Eines Tages, wirst du Liebe finden. Und das wird ein großes Unglück sein.«

Der erste Mann, den Regine geliebt hatte, war ein Junge namens Cool Rap OH-STAR. Cool Rap OH-STAR war schön und groß und hatte dunkle bergkristallartige Augen, die Regine immer etwas betäubt von oben ansahen, wenn er mit ihr sprach. Das Verhältnis war bereits Anfang der Sommerferien in einem Desaster ungekannten Ausmaßes geendet, das Cool Rap OH-STAR ein Ohrläppchen und Regine ihre Würde gekostet hatte, und mehr wollen wir dazu auch nicht sagen. Als die Schule in diesem Jahr wieder angefangen hatte, saß Regine mit verschränkten Armen und verdunkelten Augen auf der von der Sonne aufgewärmten Parkbank und spürte ihr Herz dumpf und monoton in ihrer Brust arbeiten.

Sie sah, auf einem ihrer Zöpfe kauend, zu den anderen Mädchen hinüber, die gerade dabei waren, sich über den Zaun zu beugen, um den Jungen irgendetwas Kleines, in ihren Händen Verborgenes zuzustecken, und Regine spürte bei dem Anblick ein Gefühl, das vielleicht so etwas wie eine milde, allgemeine Verachtung war. Nur allzu bald würden diese Mädchen unter einer Laterne oder auf einem Parkplatz auf diese Jungen warten, nur um sich mit ihnen in irgendeiner Garage zu verkanten und dann stundenlang von ihnen in einem hässlichen Auto durch die Vorstadt kutschiert zu werden. Wie eines der Mädchen nun lachte und zurückrannte zur Schaukel, wo es mit den Beinen strampelte, ihr Haar zurückwarf und jetzt lächelte, als sei sie selbst ein kleines Wunder, das jederzeit vor Glück explodieren könnte – alles an diesem Mädchen, so fühlte Regine in diesem Moment, war erfüllt von der unnötigen Fähigkeit, geliebt zu werden.

Im Grunde, so dachte Regine bald, war das alles hier ohnehin nichts anderes als Krieg. Mit rot ummalten Mündern, glitzernden, scharfkantigen Ohrringen und grellblau leuchtenden Augen berserkerten diese Mädchen durch den Schulhof. Lachten, gurgelten vor Glück und drückten nasse Kussmünder auf Glasscheiben, nur um der nächstbesten Person …, nun ja, Regine mutmaßte, sie würden am Grunde ihres Herzens nur darauf warten, jemanden ins Gesicht zu beißen oder ein Bein zu stellen, auch wenn nichts dergleichen jemals geschehen war. Vielleicht wussten nur die Mädchen selbst, welche Bedrohung in Wirklichkeit von ihnen ausging; denn wenn sie mit ihren zerrissenen Hosen und entblößten Schultern auf spindeldürren Absätzen sturzgefährdet über das Kopfsteinpflaster staksten – aus dunkel geschminkten Augen hilflos hervorkullernd –, schienen sie sehr darauf bedacht, einen Zustand immerwährenden Zerbrechlichseins und Gefährdetseins herzustellen, der, so mutmaßte Regine, doch nur dazu dienen konnte, über die große Gefahr, die in Wahrheit von ihnen ausging, hinwegzutäuschen.

Die Gefahr, so fand Regine bald heraus, bestand jedoch nicht in den Mädchen selbst, sie ging über sie hinaus: Eines Abends gewesen – Trucks rollten die kleine, schwach beleuchtete Straße entlang, an deren Ende, etwas weiter von den anderen Häusern entfernt, das dreckige und etwas verloren aussehende Haus stand, in dem Regine lebte – saß eines dieser Mädchen, das Regine schon einmal auf dem Schulhof gesehen hatte, auf den Treppenstufen und weinte. Sie weinte und schrie abwechselnd, und auch nachdem sie eine halbe Stunde in der Kammer unter der Treppe verbracht hatte, war sie noch immer am Boden zerstört. Das Mädchen saß noch immer alleine auf dem Treppenabsatz und hielt einen kleinen Teddybären in der Hand, den sie immer wieder schüttelte und mit einer immer lauter werdenden Reihung von Namen ansprach, ganz als könnte sie den Bären auf diese Weise zum Leben erwecken. Regine, die sich schließlich neben das Mädchen gesetzt hatte, fand nach einer ganzen Weile von Weinen und noch mehr Weinen und Den-Teddy-die-Treppe-Hinabwerfen-und-ihn-dann-Wiederholen, um ihm danach tief in die Augen zu sehen, heraus, dass der Teddy wohl das Geschenk eines Jungen gewesen war, der dem Mädchen gesagt hatte, dass er ihre Augen schön fand, und sich am selben Abend mit ihrer besten Freundin in einer Garage verkantet hatte. Regine sah das Mädchen an, wie sie da vor dem Hintergrund des dreckigen Hauses saß und weinte, und fand, dass sie wirklich sehr schön war. Aus ihren Augen – die sie etwas ungeschickt mit schwarzer Farbe zu großen, im schummrigen Gelb der Veranda-Beleuchtung umhertreibenden Murmeln geschminkt hatte – flossen jetzt Tränen, die ihr Gesicht mit schwarzen Bahnen überzogen und die die geschminkte Verwüstung im heftigen Weinen ganz ungünstig mit dem wirklichen Unglück des Mädchens verbanden. Regine spürte, wie traurig sie selbst wurde, weil das Mädchen den Teddybären einfach nicht loslassen wollte, sodass Regine schließlich versuchte, ihn ihr zu entreißen. Daraufhin schrie das Mädchen jedoch mit einer tierartigen Lautstärke auf, schlug Regine auf die Hand, umklammerte den Teddy und rannte unverändert schreiend aus dem Haus. Als Regine an der Kammer vorbeigelaufen war, aus der inzwischen das dumpfe Wimmern eines neuen Kunden herausdrang, ging sie hinauf in ihr Zimmer und stellte sich ans Fenster – dort konnte sie gerade noch sehen, wie ein quietschendes Auto vorfuhr, das das Mädchen einlud und mit dröhnender Musik in die Dunkelheit verschwand. Von unten hörte man die Musik heraufklingen, die Regines Mutter immer auflegte, um das Weinen und Schreien der Menschen in der Kammer zu übertönen – eine Schallplatte mit dem Titel *100 Love Songs*. Regine betrachtete sich zu der Musik im Spiegel. Sie zwinkerte mit den Augen. Sie legte den Kopf zur Seite und lächelte. Sie empfand großes Glücksgefühl dabei, jetzt in die Augen eines Menschen zu sehen, der im Begriff war, etwas Schreckliches zu tun.

Obwohl Regine ihrer Mutter nur in wenigen Dingen geglaubt hatte (dass Rosen zum Beispiel in Wahrheit in die Erde hineinwuchsen, um sie von innen durcheinanderzubringen), kam sie wenige Jahre später zu dem Schluss, dass das Leben, das sie führte, geeignet war, sie vor dem Schlimmsten zu bewahren: Regine Vermino ist mittlerweile zu einer WHOREWOW internationaler Größenordnung aufgestiegen. Wir wissen, dass man sich nun natürlich wünscht, alle schmutzigen Details von Regines Leben zu erfahren. Doch das geht nicht. Denn wir wollen bei Regine bleiben und bei ihren Gefühlen.

Ja, man könnte glauben, ein Mensch, der jeden Tag so viel falsches Gold sieht, der würde innerlich erkalten. Doch seit Regine das erste Mal im Pausenhof in einer dunklen Ecke des Gebäudes gestanden hatte – kleine Fliegen schwirrten um sie herum, und sie lächelte in ihren eigenen Schatten hinein –, war sie ganz erfüllt gewesen von allem, was dieser Beruf ihr gebracht hatte. Neben dem wirklich guten Einkommen und den regelmäßig vorkommenden Tränenausbrüchen ihrer Kunden in ihrem Schoß – die sie aufgrund des teilnahmslosen Machtrausches, in den sie sie versetzten, genoss – waren es ja vor allem die Details dieser Zimmer, in denen Regine sich bewegte; die ihr eigentümlich vertraut erschienen, ganz so, als wüsste sie, was sie seien, ohne je darüber nachgedacht zu haben, als würde sie gleichsam zu ihnen gehören.

Und wenn Regine dann endlich von den ausladenden Buffets mit ihren kleinen Käsereihen aufstand und hinauf auf ihr Zimmer stieg, um sich unter einen fremden Oberarm klemmen zu lassen, und ihren Blick dann an ihren Füßen und einem unförmigen Oberkörper vorbei im Zimmer umherwandern ließ, dann waren es diese Dinge – ein kleines Porzellanpferd, eine Kordel, die ungeschickt den Vorhang zusammenhielt –, die in diesem Moment ein Gefühl von Geborgenheit in ihr auslösten. Bis ihr Kopf gedreht wurde und jemand in ihr Gesicht ejakulierte.

Regine war reich. Sie war frei, und jeden Morgen, wenn sie aus dem Hotel auf die Straße trat, spürte sie den Bewegungen der Menschen nach, die sich allesamt in einer großen geografischen Bewegung gegenseitig in die Arme und somit in ihr Verderben liefen; ja, die alles taten, um jemand zu sein, der geliebt werden könnte von irgendjemandem, der sich nach dem gleichen Unglück sehnte, so überkam sie ein Gefühl der großen Erleichterung. Die Menschen rannten in ihre jeweiligen Richtungen, Markisen flatterten zu allen Seiten, und Regine konnte den Wind in ihrem Nacken spüren. Sie, Regine Vermino, war anders als diese Menschen. Denn sie würde nichts und niemand mehr sein, außer der WHOREWOW, die sie war.

Es war Januar, und die klaren Wintertage hatten die beste Kundschaft in die Stadt getrieben, die nun in ihren schwarzen Anzügen wie aufgeschreckte Amseln über die Promenaden flatterten, und Regine brauchte nur unauffällig, den Kragen ihres Mantels aufgestellt, vor dem Hotel zu lehnen und darauf zu warten, dass jemand freundlich lächelte. Es kam Regine im Grunde ungelegen, dass sie gerade in diesen Tagen eine Einladung erhielt, die Stadt zu verlassen: das Telegramm eines ehemaligen piemontesischen Immobilienmaklers. Der Mann auf den Bildern hatte Regines Interesse geweckt: Er hatte Goldzähne, terrakottafarbene Unterarme und pulsierende Adern überall. Der Makler lud Regine zu einem Exklusivtrip in die Tiroler Alpen ein, um mit ihm dort gerade einmal ein Wochenende zu verbringen. Regines Erinnerung an Schnee war keine gute. Sie war überschattet von einer Schlittenfahrt, von der Regine nur noch wusste, dass Valentina Vermino vorne, Regine hinten gesessen hatte, und Regine spürte jetzt, wo sie so auf das Weiß der Hügel auf der Fotografie blickte, den Schmerz des pfeifenden Schnees im Gesicht und den warmen Atem ihrer Mutter, die gerade mit wutschnaubendem Geräusch ihre Faust über dem Kopf kreisen ließ, während Kindergesichter rot und angstverzerrt zu allen Seiten in die Kälte davonstoben. Auf dem Foto, das der Makler dem Telegramm beigelegt hatte, glitzerten die Hügel aber doch recht unberührt und harmlos im ruhigen Abendlicht.

Eine Woche später stieg Regine ins Flugzeug. Sie trug schon den Skianzug und das kleine, schnöselige Täschchen, das sie für diese Reise gekauft hatte, und als sie sich in ihren Sitz drückte, während die Landschaft vor den Fenstern in vergoldeten Flächen nur so dahinschwomm, stieg sogar eine unwirkliche Vorfreude in ihr hoch. Regine schloss zum Geräusch klirrender Sektgläser die Augen und hörte schon die Schlagermusik in tiefen Schüben, sah sich in den Hütten der Reichen und Schönen bis in die Morgenstunden schunkeln und betrunken in die Gipfel schreien.

Die Enttäuschung, die Regine überkam, als sie an diesem Nachmittag aus dem Skilift glitt, sich die Sonnenbrille ins Haar schob und vor sich kein mondänes Alpinhotel sah, kann man sich vielleicht vorstellen. Auf der anderen Seite des Hügels befand sich stattdessen ein hohes, lichtloses Gebäude, das mit seinen braunen Balkonen dunkel in die Landschaft starrte.

Die Frühabendsonne warf mattes Licht auf den Teppichboden in der Lobby. Vorbei an Aushängen für Thermalgymnastik und Yoga bewegte Regine sich so vorsichtig wie möglich zu den Aufzügen. Das Gebäude schien menschenleer zu sein. Bloß ab und zu hörte man das gedämpfte Schreien eines Fernsehapparats. Die alten Zahlen in der Aufzugkabine blinkten rot auf: 1, 2, 3, 4 – und die Türen öffneten sich rumorend in einen langen fensterlosen Gang.

Der Mann, der da im Halbdunkel des Spalts in der Tür stand, war sicherlich zwanzig Jahre älter, als die Fotografien ihn gezeigt hatten. Das hatte Regine bereits an seiner Haltung erkannt und der Hand, die sich an den flaschengrünen Türrahmen drückte. Als sie schließlich vor ihm stand, ging er ihr ungefähr bis zum Brustansatz und trug zum Zeitpunkt ihres Aufeinandertreffens einen abgetragenen Schlafanzug und violette Pantoffeln mit kleinen, staubigen Quasten darauf. Der Geruch von Rauch und Aftershave aus einer anderen Zeit stieg Regine ins Gesicht, als der Makler einen Schritt zur Seite machte und ihr wortlos die Hand entgegenstreckte, um sie mit der gleichen Bewegung ins Zimmer zu bitten.

Es war stickig und gleichzeitig kalt. Regine betrachtete das Zimmer, an dessen Ende sich zwei große Fenster über einen verblassten Tennisplatz öffneten. Die Wände waren mit einer beeindruckenden Blumentapete überzogen. Zu den Rändern hin bleichte sie aus, löste sich in kleinen gelblichen Fetzen ab und hinterließ ei-

nen bröseligen Saum auf dem Teppich. Seit Regine das
Zimmer betreten hatte, trottete ein kleiner Terrier mit
missgünstigem Blick um ihre Beine. Jetzt rieb er seinen
Schwanz an ihren Stiefeln und senkte dabei immer wieder den Oberkörper ab, um auffordernd zu bellen.

Vielleicht war es die Müdigkeit nach der langen Reise, vielleicht die Erschöpfung, die der Schreck über die
Umgebung in ihr hinterlassen hatte – doch erst jetzt, da
sie auf den Hund hinabsah, der sich mit seinem kleinen
dunklen Gesicht in ihren Stiefel verbissen hatte, verstand sie, dass sie hier nicht bleiben konnte.

Der Makler hatte mittlerweile den Hund, der nun
kleine Knurrgeräusche ausstieß, vom Boden aufgehoben,
und Regine beschloss, sich kurz auszuruhen. Sie hatte
auf dem Sofa Platz genommen und betrachtete das Gesicht des Mannes, das stark gebräunt war, und obwohl sie
nicht leugnen konnte, dass etwas Hübsches an ihm war,
wirkten seine Züge überfrachtet, als hätte man versucht,
viel zu viel Haut auf zu kleiner Fläche unterzubringen.
Sein Mund durchzog das Gesicht als breite, gerade Linie,
die im blassen Licht des Zimmers bläulich glänzte. Er
hatte nicht einmal gelächelt, als er ihr die Hand entgegenstreckte. Er lief jetzt im Zimmer herum und hielt,
den Hund in den ledrig gebräunten Armen tragend, einen kurzatmigen Vortrag, dessen Inhalt Regine weitest-
gehend entging, während er ab und zu seinen Kopf zum
Hund hinabsenkte und sein Ohr auf dessen Brustkorb
legte, wie um zu überprüfen, ob sein Herz noch schlug.

Regine hörte die Stimme des Maklers gern, die angenehm teerig klang. Sie wurde von einer großen Gemüt-

lichkeit erfasst, und je müder und gemütlicher Regine wurde, desto weniger war sie in der Lage, das Unheil wahrzunehmen, das sich in diesem Moment hinter den Fenstern zusammenbraute. Freilich hätte auch jemand Waches den leichten Umschwung der Wetterverhältnisse vielleicht nicht als bedrohlich wahrgenommen. Schon in den Stunden ihrer Ankunft – das Licht war noch ungetrübt auf die glitzernden Pisten gefallen, als sie mit dem Lift auf das Plateau gefahren war – hatte es begonnen sanft zu schneien, und Regine hatte nicht damit rechnen können, dass sich dieser harmlose Schneefall in so kurzer Zeit in einen *Jahrtausendsturm* verwandeln würde.

Es folgt eine kurze musikalische Einlage, in der das Wetter Zeit hat, sich zu entfalten.

Von dem Klavier in der Lobby klangen einzelne dissonante Akkorde zu Regine hinüber. Es waren drei Tage vergangen und sie war noch immer in dem Hotel eingeschlossen. Der Jahrtausendsturm war mit einem Starkschneeereignis nationaler Tragweite einhergegangen, und die Schneemassen, die sich um das Gebäude auftürmten, waren von keinem Räumungsvorhaben mehr zu bewältigen. Regine war es unmöglich abzureisen, geschweige denn, das Hotel auch nur für einen Spaziergang zu verlassen.

Den ersten halben Tag über hatte Regine in der Lobby gesessen und die Menschen beobachtet. Bis auf einzelne Gestalten, die den Raum so langsam durchquerten, dass man ihre Anwesenheit währenddessen beinahe wieder vergaß, war es fast immer leer. Es gab ein Klavier, auf dem eine der Angestellten der Kantine übte, und einige Sofas und Sessel, die in unrechtfertigbaren Abständen zueinander herumstanden. Nachdem Regine die Klingel an der Rezeption bedient hatte, war ein Mann aufgetaucht, dessen Schnurrbart Regine, je länger sie hinsah, immer unglaubwürdiger erschien, sodass sie im Verlauf seiner Rede zu dem Schluss kam, dass er nur aufgeklebt sein konnte. Der Mann erklärte Regine, dass die Apartments nur monatsweise zu mieten waren und dass darüber hinaus derzeit alles ausgebucht war und man ihr so kein Zimmer zur Verfügung stellen könne. Dabei musterte der Mann Regine vom Scheitel bis zu dem Fellbommel an ihrem Schneestiefel und schüttelte den Kopf dann so energisch, dass Regine Angst bekam, er könnte davon das Bewusstsein verlieren.

Am nächsten Morgen war Regine auf dem Korbsofa erwacht. Vor den Fenstern war es immer weißer geworden, bis es schließlich schwarz geworden war. Der Makler hatte noch geschlafen, und nachdem Regine einige Stunden lang in die nicht ausmachbare Dunkelheit vor den Fenstern gestarrt hatte, nahm sie sich seinen Bademantel, auf dessen Brust ALPHASPORT geschrieben stand, und lief barfuß aus dem Zimmer. In der Lobby waren gerade zwei Damen in identischen Bademänteln in ein Gespräch vertieft. Die beiden musterten Regine kurz, als sie sich langsam an ihnen vorbei in Richtung der Treppe bewegte, um sich dann wieder in ihr Gespräch zu vertiefen. Beide schienen dabei in absoluter Gleichzeitigkeit aufeinander einzusprechen – wobei die eine so laut mit dem Stock auf den Boden klopfte, dass das Sprechen der anderen beinahe ganz übertönt wurde; während die andere immer wieder ihren Bademantel aufriss, um in den Falten ihres Nachthemds nach irgendetwas zu suchen, das ihr ungehörtes Argument bestärken könnte.

Regine tat so, als würde sie dem Gespräch nicht lauschen, während sie ein Schild betrachtete, das am Treppengeländer an der Wand angebracht war. Auf dem Schild stand: WELLNESS und darunter klein: (ALPHA-SPORT). Die beiden Damen bewegten sich nun an Regine vorbei die Treppe hinunter, und Regine folgte ihnen. Sie glaubte, dass eine von ihnen das Wort »Loch« gesagt hatte, und das mehrere Male in einer Reihung, in der man dieses Wort sonst nie hörte, »Loch, Loch, Loch, Loch«. Weil Regine sich auch keinen Kontext vorstellen konnte, in dem so eine Reihung dieses Worts auftauchen würde, war sie sicher, sich verhört zu haben. Vielleicht war es sogar nur der Stock, der beim Aufkommen auf den Stufen ein ploppendes Geräusch erzeugte, das Regine mit der Sprache der Damen verwechselt hatte.

Regine stand barfuß auf den Fliesen in der Halle des Wellnessbereichs und sah den zaghaften Bewegungen der Schwimmnudeln zu. Zu einem dröhnenden Bass wogten sie über dem blauen Wasser hin und her. Eine ältere Frau mit einer glatt anliegenden Duschhaube stieß energisch mit der Faust in die Luft, und das Gefühl einer umfassenden Sportlichkeit erfüllte den Raum. Alles hier, dachte Regine, sah ganz anders aus, als sie es sich vorgestellt hatte. Die Dame mit der Duschhaube hatte hängende Wangen, die mit ihren abgehackten Bewegungen eigenartig hüpften und ihre Augen mit jedem Sprung unnatürlich weit öffneten. In Wahrheit hatte Regine sich das alles überhaupt nicht richtig vorgestellt. Regine oder etwas in Regine, eine kleine dunkle Stimme in ihr, war davon ausgegangen, dass sie selbst mithilfe kosmetischer Eingriffe sicherlich Arbeit haben würde, bis sie sechzig oder sogar siebzig wäre, und bis dahin von all dem Hyaluron in ihrem Körper von innen her so abgedichtet wäre, dass sie bald darauf einfach vom Sauerstoffmangel umfallen und nicht mehr aufwachen würde. Es gab für Regine nichts Schlimmeres als die Vorstellung, in Würde zu altern. Die Menschen um sie hielten noch mit ihren immer unaufhaltsamer in den Abgrund der Welt rutschenden Gesichtern an sich wie ein zittriges Bäumchen am letzten Blatt, während sie dabei die Natürlichkeit eines Wildtierpräparats ausstrahlten. Regine sah jetzt in das Blau des Wassers, das vor ihren Augen immer blauer wurde, bis es zu einem unnatürlich türkisen Eiston geworden war, der alles erfüllte und aus dem nur noch das Wort VERFALPHA zu lesen war. Die beiden Worte *Verfall* und ALPHASPORT bildeten in diesem Moment ein Cluster in der gekrümmten Mannigfaltigkeit des Schwimmbads.

ALPHAVERFALL

VERFALLSPORT

SPORTVERFALL

FALLVERSPORT

VERALPHAFALL

Regine dachte plötzlich an den Fuß des Maklers, der auch Zehennägel hatte. Jetzt dachte sie an Augen, die so komisch hervorhingen aus dem Gesicht. An Wangen, die herabhingen bis über das Kinn. Regine dachte daran, dass sie im Wasser stand und keine Zähne mehr hatte. Dass sie so wäre wie jetzt, nur ohne Zähne. Regine tastete in Gedanken den Hohlraum ihres Mundes ab. Jetzt dachte Regine daran, dass auch ihre Sicht verschwinden würde. Dass alles so verschwinden würde. Regine aber doch noch da wäre. Regine wollte sich nun nicht weiter sich selbst vorstellen, und das Blau vor ihr verschärfte sich in ein stechendes Orange. Es war eine olympische Fackel, die nun zwischen den alten Körpern aus dem Wasser fuhr und, umgeben von einem Kranz aus wogenden Schwimmnudeln, in der Mitte dieser neuen blauen Welt schwebte. Regine spürte plötzlich das schwere Gewicht einer Pistole in ihrer Hand, einer Axt, ein Wald irgendwo, ein Rudel Wölfe. Die Terrasse eines Wolkenkratzers. Sie hielt sich die Nase zu und sprang ins Wasser.

Die Dunkelheit vor den Fenstern war eine rote, warme Dunkelheit, so wie man sich vielleicht das Innere eines Ohrs oder das Innere eines Auges vorstellt. So wie man es sich vorstellt, wenn man den Augapfel im Kopf nach innen dreht. Wenn Regine zurück an das Hotelbett dachte, in dem sie noch eine Woche zuvor gelegen hatte, konnte sie kaum mehr die Konturen des Raums, in dem es stand, nachempfinden. Dachte sie an das Tablett mit den hohen Champagnergläsern, das neben dem Whirlpool auf ihrem Zimmer gestanden hatte, überkam sie eine schreckliche Angst. Was für eine Angst war das? Was war geschehen? Im Grunde doch nichts. Und doch: Jetzt in diesem Zimmer, umgeben von all dieser Blumentapete, hatte Regine Vermino Angst. Angst vor der Vergangenheit.

Das Hotel konnte keine Nachrichten mehr empfangen, da die Kabelanschlüsse vollständig eingefroren waren. Der Ressortleiter hatte auf allen Geräten das Hausfernsehen eingeschaltet, sodass nun die Fernseher, die in den Gängen und den Zimmern des Hotels verteilt waren, überall das gleiche Programm zeigten: eine Art Dauerwerbesendung, die von einer leisen Musik und einem gesprochenen Kommentar begleitet wurde und in der mittels zu langsamer Kamerafahrten, welche die menschenleeren Außenbereiche, die Kantine und die Lobby zeigten, abwechselnd Informationen über die umliegenden Skigebiete – »Liftzeit: 9 bis 22 Uhr, Flutlicht: Ja, Schneehöhe: 195 cm, Temperatur: −6 C°, Pistenbedingung: sehr gut, Schnee: Neuschnee« – angesagt und dazu warme Adjektive wie »familiär« und »freundlich« gezeigt wurden.

»Ein Ausweg«, dachte Regine immer wieder, doch sie dachte es nicht mehr allzu lang. Ziellos lief sie auf den Gängen herum, betrachtete die Menschen, die an ihr vorüberzogen, und zum ersten Mal wurde ihr bewusst, dass alle von ihnen Zehennägel besaßen. Seit sie hier war, hörte sie das Rauschen der Fernsehapparate wie ein Schwirren, es knisterte in ihren Ohren. Saß sie beim Frühstück in der Kantine zwischen dem Klappern des Geschirrs und dem Pfeifen der Hörgeräte, dann wartete sie auf den richtigen Moment, um ihr Ei aufzuschlagen, denn mit dem Knacken der Schale begann es, von allen Seiten herzukommen. Das Schwirren, dieses wühlende, insektenhafte Geräusch all der Finger, die in die Buffetschalen griffen. Von allen Seiten pfiffen jetzt Hörgeräte analog mit dem Fernsehgeräusch in das Schwirren hinein. Regine schloss die Augen und hörte das Rauschen der Rohre, in denen gerade etwas abtransportiert wurde. Sie nahm noch einen Fingerabdruck auf der Tasse vor ihr wahr, dann fiel ihr Kopf vor Erschöpfung auf die Tischplatte.

Es ist noch immer dunkel vor den Fenstern. Die Bewohner laufen auf den Gängen, sie sind auf dem Weg irgendwohin, sie tragen Dinge hin und her und führen in einem leisen, vertrauten Ton Gespräche, die sie irgendwann durch plötzlichen Kraftverlust unterbrechen. Ihre Bewegungen folgten Routinen, die Regine nicht kannte und nicht kennen wollte, weshalb sie, strich sie durch die Gänge, ihren Blick geradeaus, in die Leere vor sich heftete, innerlich daran festhielt, dass das alles hier nicht tatsächlich für sie existierte, oder zumindest nur für einen Moment, der bald vorüber sein würde. Nur manchmal ließ sie sich dazu hinreißen, in eines der Gesichter zu grüßen, was sie sofort wieder bereute, sobald sie spürte, dass jemand ihre Anwesenheit tatsächlich wahrgenommen hatte. Abends kehrte Regine ins Zimmer zurück, dann kraulte sie den Hund und sah dem Makler lange dabei zu, wie seine Augen klein wurden und sein Kopf zum Säuseln des Fernsehers auf seine Brust schmolz.

Als Regine am nächsten Morgen aufwachte, verspürte sie den plötzlichen Drang, sich die Haare zu toupieren. Sie äugte zum Bett. Der Makler schlief noch. Als sie aus dem Zimmer trat, fiel ihr Schatten auf den Teppich. Die Handtasche schwenkend stolzierte unsere WHOREWOW die Gänge entlang. Eine dunkle Spiegelung funkelte neben ihr auf. Regine blieb stehen, denn ihre Augen gefielen ihr darin. Dicke schwarze Ringe um die Augen. Regine blinzelte verliebt gegen das Gebäude an, das sie umgab. Dann erkannte sie den roten Schriftzug, der in das Spiegelglas geprägt war:

C-Ebene aufgrund von Wetterverhältnissen für unbestimmte Zeit geschlossen.

Die C-Ebene lag im siebten Stock. Ein roter Punkt war über die Taste im Aufzug geklebt. Sie ließ sich gar nicht erst bedienen. Das Treppenhaus, das die schmale Feuertreppe umschloss, war eiskalt, und Regines Schuhe klackerten auf den Stufen, deren Kanten unverhältnismäßig scharf aussahen. Als sie den letzten Stock erreicht hatte, befand sie sich vor einer schweren eisernen Tür. Selbst hier oben schien es Regine, als könnte sie das Gewicht des Schnees, das zu allen Seiten auf dem Gebäude lastete, spüren. Sie schob die Tür, die nicht ganz verschlossen war, auf und blickte in einen Gang, der weder beleuchtet noch beheizt war. Auch in den anderen Gängen des Gebäudes hatte es keine Fenster gegeben, doch hier gab es nicht einmal Türen. Der Gang war augenscheinlich jedoch sehr lang, soweit man die farblosen Wände entlangsehen konnte.

Regine zog einen Stiefel aus und klemmte ihn zwischen die Tür, um das Licht vom Treppenhaus in den Gang hereinfallen zu lassen, und lief ein paar Schritte in die Dunkelheit hinein. Das Dunkel hier war ähnlich rot und dicht wie jenes, das das ganze Hotel erfüllte, doch hier schien es so, als wäre dieses Dunkel schon lange vor dem Sturm da gewesen, kondensiert in diesem langen luftlosen Gang. Regine lief weiter, sodass die Dunkelheit sie immer vollkommener umschloss, bis sie ein ganz schwaches Licht erkannte, das vom Ende des Gangs zu kommen schien. Ein kalter Zug blies ihr zwischen die Füße. Das Licht war jetzt näher. Regine beschleunigte ihren Schritt, wurde dann, nun schon sehr nah vor dem schwachen Umriss, langsamer, streckte die Hand aus und ertastete bald eiskaltes Metall in der Wand. Da ist es. Rund, ein Knauf. Regine drehte daran, doch nichts geschah. Mit aller Kraft zog sie an dem Knauf, zog und zerrte. Als sie schon nicht mehr damit rechnete, öffnete sich das, was eine Tür war, mit einem gewaltigen Sog.

Kaaaawooomshoooouuuuuuuuuuuuuuuuuuuuuuuuuuu-uuuuuuuuuuuuuuuuuuuuuuuuuuuuuuuuuuuuuuuuuuuuuu-uuuuuuuuuuuuuuuuuuuuuuuuuuuuuuuuuuuuuuuuuuuuuu-uuuuuuuuuuuuuuuuuuuuuuuuuuuuuuuuuuuuuuuuuuuuuu-uuuuuuuuuuuuuuuuuuuuuuuuuuuuuuu.

Eis blies Regine ins Gesicht. Wind drückte ihren Körper zurück in den Gang. Mit aller Gewalt schob sie die Tür zu. Atmete, wischte sich den Schnee aus den Augen.

Regine harrte im Dunkel aus. Sie atmete, dann zog sie ihren Pullover übers Gesicht, nahm Anlauf und stemmte die Tür ein zweites Mal auf.

Kaaaawooomshoooouuuuuuuuuuuuuuuuuuuuuuuuu-
uuuuuuuuuuuuuuuuuuuuuuuuuuuuuuuuuuuuuuuuuuuuuuuu-
uuuuuuuuuuuuuuuuuuuuuuuuuuuuuuuuuuuuuuuuuuuuuuuu-
uuuuuuuuuuuuuuuuuuuuuuuuuuuuuuuuuuuuuuuuuuuuuuuu-
uuuuuuuuuuuuuuuuuuuuuuuuuuuuuuuuuuu.

Eine weiße Wand aus Eis und Schnee bewegte sich unsinnig vor Regine. Sie glaubte, einen langen dunklen Streifen zu erkennen. Ein Steg? Eine Planke. Regine erkannte die Maserung des Holzes unter den darüber hinwegrasenden Böen. Eine Holzplanke ragte von der Stelle, auf der Regine stand, hinaus ins Weiß, hinaus ins Nichts. Sie klammerte sich an den Rahmen, um hinauszusehen, das Eis klebte auf ihren Wimpern, doch irgendwo weit unten war ein dunkler Fleck im Weiß, die Form eines zugefrorenen Flusses. Eis klebte in Regines Haar. Sie taumelte, fühlte, wie sie das Gleichgewicht verlor, Schwarz stieg ihr in die Augen und sie schlug mit der letzten Kraft ihres Körper die Tür zu.

Das Gebäude lag im Dunkel der Nacht ganz ruhig da, und kein bisschen Wind ging, als Regine, die auf dem Korbsofa geschlafen hatte, um etwa vier Uhr morgens von einem dumpfen, aber lauten Geräusch geweckt wurde. Sie hatte versucht, nicht mehr so viel darüber nachzudenken, doch das Geräusch von etwas Schwerem, das dumpf im Schnee aufkam und das sie soeben aus dem Schlaf gerissen hatte, ließ sie daran zweifeln, ob sie träumte oder wach war. Es wird sicher nur ein Teil der Schneemassen gewesen sein, der sich vom Vordach gelöst hatte und hinabgestürzt war, dachte Regine, denn sie hatte eine kleine helle Fläche bemerkt, die an den

Fenstern freigegeben worden war. Ansonsten war es ruhig. Regine hatte sich vom Sofa gezogen, die Decke um die Hüfte gewickelt, und betrachtete nun den Himmel durch das jüngst entstandene Loch. Er war klar, und das Licht der Sterne floss in ein tiefes Schwarz. Regines Lider flatterten in der Helligkeit. Ein kleines Schnarchen durchbrach das Gefühl. Es war der Körper des Immobilienmaklers, der da vom Mondschein erhellt lag, eingerollt in die Laken, ganz nah an der Wand, und zuckte.

Regine betrachtete den Makler in der Decke. Er schlief ruhig, bis auf das Zucken. Sie lief ein paar Schritte nach vorne, sodass sie nun direkt vor dem Bett stand. Sein Körper wälzte sich ein wenig um, als Regine sich neben ihn auf die Bettkante setzte. Er war noch immer nicht aufgewacht. Vor der geblümten Tapete bebte seine Haut mit seinen Atemzügen blass und tief auf. Regine fühlte, wie ihr Herz zu schlagen begann.

»So war es gewesen.« Das Gewicht eines Körpers auf ihrem. Regine konnte die beiden Augen sehen, die bergkristallartig in ihre blickten. Die Finger, die lang und breit waren und über ihre Stirn fuhren. Der betäubte Blick, der unablässig über ihren Körper glitt. Wie die Finger sich in ihre geklammert hatten. Es war nicht das Gefühl selbst, nur eine Erinnerung daran. Doch damals in dem gelblichen Jugendbett hatte Regine nicht gewusst, was sie mit einem solchen Gefühl anfangen sollte. Jetzt wusste sie es. Regine blickte sich im Zimmer um. Dann schob sie die Hand unter die Decke des Maklers. Die Dichte des Schnees, durch die jemand stapft in der Nacht. Regine spürte die Brust des Maklers, der noch immer fest schlief, und Regine fühlte ruhig unter dem Stoff herum. *Boom. Boom.* Das Geräusch war so tief, dass es das Zimmer bewegte. Es war doch nur ein Organ, das Blut in einem einfachen Kreislauf durch diesen Körper pumpte. Es war nichts anderes als das. Doch, dachte Regine jetzt. Etwas ganz anderes. Regine war sich jetzt sicher, einen schwarzströmenden Kern in sich zu spüren.

Von einer plötzlichen Inbrunst ergriffen, fasste sie mit beiden Händen nach dem Körper, dem ein traumverlorener Schrei entfuhr. Unter der Decke zappelte es jetzt wild, doch Regine ließ nicht los, bis das Aufbäumen sich gelegt hatte und sie den Körper gegen den Widerstand der sich ergebenden Muskeln ganz an sich drücken konnte. Die Arme des Immobilienmaklers, der noch immer nicht ganz aufgewacht war, ragten nach vorne gestreckt aus dem Deckenwust, den Regine mit ihrer Umklammerung zwischen Armen und Beinen fest umschlossen hielt. Der Makler zog schmerzlich die Luft ein und mampfte leere Silben der Verwunderung in sein Kopfkissen, während Regine den Geruch seiner Kopfhaut einatmete. Sie wusste nicht, wer er war. Sie wusste nicht, wo er war, doch sein Geruch war der Geruch von allem und jedem, und Regine *wollte ihn jetzt*.

Das Dach drohte in seinem ganzen Gewicht über ihr zusammenzubrechen, als sie sich in dem kleinen Körper verkrallte, der keinerlei Anstalten machte, sich zu wehren. Die matte Farbe seiner Augen glänzte in der Dunkelheit auf, bevor Regine ihre Umklammerung löste und sich mit einem klagenden Stöhnen auf ihn warf, um sein Schreien mit ihrem Kuss zu dämpfen.

Am nächsten Morgen war alles ruhig. Durch die kleine Stelle, die der Schnee freigegeben hatte, fiel Licht in das Zimmer, und Regine konnte kleine Flocken erkennen, die vor einem orangenen Himmel tänzelten. Regine richtete sich vorsichtig neben dem Makler auf, der immer noch fest zu schlafen schien, zog sich den Bademantel über und schlich hinaus. Die Kantine war leer, bis auf die Angestellten. Auch hier drang rosafarbenes Licht durch die Stellen, die der Schnee langsam in den Fenstern freigab. Alles passt zusammen, dachte Regine für einen Augenblick. Es war wahr. Der Sturm war vorbei. Sie bestellte zwei Stücke Sahnetorte. Dann noch ein drittes, das sie mit dem Appetit einer Überlebenden herunterschlang.

Nach dem Frühstück stieg Regine in den Aufzug und fuhr in die Lobby hinab, um ihre Abreise vorzubereiten. Als die Türen sich öffneten, fand sie den Saal in einer unglücklichen Aufmachung wieder.

Die Rezeption war unbesetzt, und eine allgemeingültige Musik drang aus zwei Lautsprechern, die in der Mitte der Lobby auf einer kleinen Bühne aufgebaut waren; dazwischen ein abgenutzt aussehendes Tombola-Rad, das in diesem Moment von einer Gestalt bewacht wurde, die Regine als den Ressortleiter wiederzuerkennen glaubte – in ein Eisköniginnenkostüm gekleidet und mit einem Gesichtsausdruck, der Regine verzweifelt vorkam, warf er Glitzerkonfetti in den leeren Saal. Einige wenige Menschen, die in ihren Bademänteln vereinzelt in den Sesseln saßen, klatschten verzagt dazu im Takt.

»Millionengewinne!«, schepperte eine brüchige Stimme aus der Anlage. Eine andere Stimme, die von einem Abspielgerät neben der Tombola kam, wiederholte dazu, die andere Stimme überlagernd: »ACHTUNG! ACHTUNG!«, und dann: »Gegen den Schockmoment, wenn die Chaise droht, in luftiger Höhe über das Ziel hinauszuschießen, kommen die Achterbahnen nicht an. Der Wagen ist breiter als die Schiene. In der Kurve sieht man nichts. GLÜCKSSPIEL KANN SÜCHTIG MACHEN!« Als Regine eine der beiden alten Damen erblickte, die sich soeben erhoben hatte und jetzt schwungvoll, mit verträumtem Gesichtsausdruck die Tombola drehte, während sie den gelben Zettel schon in der Hand umklammert hielt, wurde sie wütend. So eine schreckliche Veranstaltung. Regine wandte sich ab, weil sie die Szene nicht ertragen konnte.

Sie hatte die provisorische Absperrung mit einem Menüschild zur Seite geschoben und den Wintergarten betreten. Die Kälte und Dunkelheit hier waren beruhigend. Durch die Glasscheiben konnte man hier noch immer nur Schnee sehen, solche Massen hatten sich auf den Terrassen angehäuft, und an einigen Stellen war das Glas durch das Gewicht des Schnees schon durchgebrochen, sodass es kalt hereinzog. Regine zog die Tür hinter sich zu, schob das Menüschild, auf dem »Einsturzgefahr« geschrieben stand, aus dem Weg. Sie schloss die Augen und atmete die kalte Luft tief ein. Als sie sie wieder öffnete, bemerkte sie den Mann, der an einer der Glastüren lehnte. Er stand in einem Schlafanzug mit dem Rücken zu ihr und hatte die Tür fast vollständig geöffnet, sodass etwas Schnee hereingefallen war. Jetzt sah Regine den schwarzbraunen Schwanz, der zwischen seinen Beinen hervorwedelte. Der Makler, der den Hund zwischen die Füße geklemmt hatte, hatte eine dunkle Sonnenbrille in die Stirn geschoben und sah still in die weiße Wand vor ihm. Regine blieb still. Sie war unschlüssig, ob sie rufen oder vielleicht aufstehen und zu ihm gehen sollte. Etwas an der Art, wie er da stand, ängstigte sie. Er verlagerte sein Gewicht nun von einem Bein aufs andere und schien Regine gar nicht zu bemerken. Sie suchte die Bank oder den Boden nach einer Kaffeetasse oder etwas Ähnlichem ab, sie wusste nicht genau wonach, nur nach etwas, das den Aufenthalt des Maklers hier erklären würde, fand aber nichts. Er stand nur da und sah hinaus. Jetzt bemerkte Regine, dass etwas neben ihr auf der Bank lag. Es war klein und gelb. Sie hob es auf und nahm es in die Hand. Ein Zettel. Regine rieb mit den Fingerkuppen die Enden des halb eingerollten Stücks Papier auseinander: Die ganze Fläche war mit winzigen, übereinander gedruckten Schriftzügen übersät. Erneut sah sie zu dem Makler auf, der sich in diesem Moment aus seiner Position vor dem Fenster gelöst hatte, mit verklärtem Blick den Terrier hochhob und ihm tief in die Augen sah, sich dann entschlossen die Sonnenbrille auf die Nase schob und zusammen mit dem Hund hinaus in die Wand aus Tiefschnee marschierte. Regine schrie laut auf, doch da war der Makler schon mitsamt dem Terrier im Schnee versunken.

Der Gewinn wurde Regine zwei Wochen später in Form von zwölf Elektrorollern, zwei Millionen Dollar in bar und einem monatlichen Abonnement für eine Palette Pralinen ihrer Wahl bis an ihr Lebensende ausgezahlt. Der ganze Zwischenfall hatte Verwirrung gestiftet, und es hatte Fälschungsvorwürfe gegen Regine gegeben. Gewinne der Lotterie waren eigentlich auf 200 in internationaler Zirkulation befindliche Gewinnerlose verteilt gewesen und nicht auf ein einziges. Augenscheinlich, so hatten es Ermittlungen ergeben, die um den Vorfall eingeleitet worden waren – hatte sich durch eine kaputte Druckplatte ein Fehler in genau jene Charge eingeschlichen, die schon seit einigen Jahren im Keller des Hotels deponiert gewesen war, und so war es zur Überlagerung aller Gewinne auf einem einzigen Los gekommen. Dies konnte – und hierin bestand das eigentliche Wunder – trotz zahlreicher öffentlicher Statements und rechtlicher Anfechtungen seitens der Lotteriefirma (geschenkt ist geschenkt, wiederholen ist gestohlen, so sagt man in Tirol) nicht mehr zurückgenommen werden.

Man könnte ja meinen, dass Menschen, kommen sie unvermittelt zu Geld, immer die gleichen Dinge mit ihrem Vermögen anstellen würden, wie Lebensversicherungen, Erwerb von Kokain und teuren Kerzenleuchtern. Zwei Tage später jedoch war Regine von einer Horde Journalisten, die angereist waren, um ihr Glück für die örtlichen Schmierblätter zu dokumentieren, in den Lift getrieben worden, wo sie nun in der Gondel saß und das Sonnenlicht betrachtete. Es fiel über dem immer schwächer werdenden Blitzen der Kameras auf das kleine schäbige Gebäude hinab, während Regine von einer plötzlichen Traurigkeit erfasst wurde.

Es war am selben Tag des nächsten Jahres, als das Hotel seine Tore für das internationale Publikum öffnete. Regine hatte darauf bestanden, persönlich am Eingang zu stehen. Den Terrier, den man vier Tage nach dem Unglück im Schnee gefunden hatte, hielt sie zwischen ihren Füßen. So begrüßte sie die eintreffenden Menschen zu derjenigen Attraktion, die später als das erste und einzige Kunstwerk von Regine Vermino bekannt werden sollte: Ein originaler Nachbau des Tiroler Ressorts zog sich über die ganze Fläche des Four Season Hotels George V. Die sorgsam kopierten Gänge und Räume unterschieden sich nur insofern von ihrem Vorbild, als sie durch eine Art begehbare Schneelandschaft voller glitzernder Apparate hindurchführten, die echten, kalten Schnee auf die Gäste niederspien. Die Presse sowie die anwesenden internationalen Kunsthistoriker konnten sich nicht einig darüber werden, worin genau das unbestimmte Gefühl bestand, in das dieses Kunstwerk seine Zuschauer versetzte. Da gab es diejenigen, die glaubten, gerührt zu sein, und solche, die Beklemmung und ein hypnotisches, schauerhaftes Gefühl beschrieben. Ein regelrechter Streit jedoch war über eine Skulptur ausgebrochen, die das Zentrum der Ausstellung bildete: Als läge man auf dem Rücken zwischen ihren Beinen, konnte man hier von unten eine überwältigende Figur betrachten, die Regine Vermino zum Verwechseln ähnlich sah. Ihr Gesicht bewegte sich in den Schoß eines schmächtigen, alten Mannes, der seinen Körper in Richtung der Betrachterin streckte, sodass man, schaute man von dort aus, wo man stand, nach oben, den Eindruck gewann, in ein großes Loch zu sehen und darin unter der Masse dieser beiden Körper, die es umgaben, ganz und gar begraben zu werden. Regine war sich nicht sicher gewesen, ob es wirklich das war, was sie auszudrücken versucht hatte. Aber ihr war einfach nichts Besseres eingefallen als das hier.

M. DELROUX VII

Wenn ich noch einmal nach der Stunde neben ihm stehen muss ... Ich war sicher, er würde es mir ansehen. Sicher, er würde es mir mit jedem Zucken meines Munds ansehen. Wie sehr ich seinen Kopf zwischen meine Hände nehmen will. Wie sehr ich seine Hände auf meiner Stirn haben will. Nur das. Es wäre mir genug. Wenn man sich die Verliebtheit herbeiredet, dann muss man sich nicht wundern, wenn sie einen eines Tages frisst.

Ich kann nicht einmal mehr in meinem Zimmer sein. Ich stehe auf, ich sehe in den Spiegel, und wir sitzen dort auf der Couch. Die beiden und ich. Sie sind Freunde, das verstehe ich von der Art, wie sie nach dem Unterricht miteinander sprechen. Sie halten sich an den Schultern untergehakt, wie Männer das so tun, als hätten sie irgendetwas zu bekämpfen.

Meine Couch ist jetzt groß und schwarz. Vielleicht hängt ein Kalender darüber. Es dürfte meine Couch sein, sie müsste einem von ihnen gehören. Der andere sitzt ganz außen links, M. Delroux ganz außen rechts. Ich sitze in der Mitte, zwischen ihnen. Mit Abstand, als wären wir gerade gemeinsam dorthin gekommen. Auf eine unverfängliche Art, wie für einen Drink nach einem Essen. Vielleicht würde ich auch etwas zeigen. Ein Bild vielleicht, mit rosafarbenen Punkten. Eine Arbeit einer berühmten Malerin. Es ist der andere, der beginnen würde. Wir hätten zuvor über das Bild gesprochen, wir hätten Wein getrunken, vielleicht wäre mein Hals rot von der Heftigkeit des Gesprächs. Der andere würde seine Hand auf mein Knie legen. Ich würde ihn ansehen, nur für einen Augenblick, dann zu M. Delroux. Er wäre wie versteinert. Er würde mich jetzt anders ansehen, als er mich immer ansieht. Diesmal wäre er schutzlos. Er könnte nichts tun, wenn ich jetzt meine Hand auf sein Knie legte. Er müsste alle Kraft in sich finden, sie sammeln. Er würde die Luft einziehen, die Augen schließen, er wäre wütend. Er würde die Augen zusammenpressen, dann mit einem Mal, wie im Zwang, mir auf die Hand schlagen, sodass ich sie wegziehe, er würde sich losreißen, aufstehen. Der andere würde mich küssen und ich würde es erwidern. Während M. Delroux mitten im Raum stehen würde. Er läuft im Kreis. Er ist hilflos. Er schlägt seine Handfläche gegen die Wand. Ich sehe, wie er das tut. Ich weiß, dass er das tun würde. Ich habe seine Handflächen so oft angesehen. Der andere ist hilflos, etwas widerlich, wie er mich berührt, aber ich mag es. Er zieht mich jetzt aus. Meine Bluse, er fährt mit seiner Hand darunter, und er erstarrt etwas, als er mich berührt. M. Delroux ist stehengeblieben. Er steht vor uns, als würde er gleich losstürzen, auf einen von uns. Er weiß noch nicht, auf wen. Er hält sich zurück. Sieht uns zu, bewegungslos. Wie kann er mich so ansehen? Er kann mich doch nicht so ansehen. Ich hasse den anderen. Aber M. Delroux weiß es nicht. Vielleicht weiß er es, aber es kostet ihn alles, ihm dabei zuzusehen, wie er mit mir diese Dinge tut. Jetzt legt er seine Hand um meinen Hals. Er drückt mich gegen die Lehne des Sofas. Er fasst mein Gesicht. Und jetzt zerbrichst du. Du stürzt auf uns zu. Du stößt ihn zu Boden. Du trittst ihm nach. Du siehst mich an, du weißt, was du tust. Du reißt mir fast den Arm aus, zerrst mich mit dir, durch die Tür, hinaus in den Gang, hinunter ins Treppenhaus, in den Hinterhof, ins Freie. Wenn ich noch einmal so vor dir stehen muss, dann schlage ich dich das nächste Mal an dieser Stelle nieder.

M. DELROUX VIII

Wenn man sich aus einer Langeweile heraus eine Verliebtheit herbeispielt, dann ist man selbst schuld, wenn
man daran zugrunde geht.

Ich laufe auf den Straßen herum und alles atmet zu sehr.
Die Blüten sind zu bunt. Alles sprießt himmelwärts und
der Wind in den Bäumen ist zu dicht, zu schwanger mit
Erde. Ich kann meine Träume riechen. Ich rieche mich
in allem. Ich rieche mich in den Fenstern einer fremden
Wohnung, in den Fassaden. Seine Finger liegen in den
Beeten. Er hält sie gefaltet. Was glänzt da zwischen den
Butterblumen? Wie ich Eheringe hasse.

MADELEINE
HOTEL D'AVALON

etwas früher am 1. September

Beim Fliegen, glaube ich, geht es um alles. Um die Knochen und den Himmel.

Ein Flügel, in den Himmel geschlagen, die Knochen gegen das Blau. Meine Finger sind tausend an der Zahl.

Vorhin, als ich neben ihm stand, während er im Bett lag, habe ich hinausgesehen über die Stadt, die vor mir leuchtete, und da wusste ich, dass ich fliegen kann.

Ich weiß noch, wie er hinabblickte, auf das Stück Papier, auf das ich meinen Namen geschrieben hatte. Mit meinen Händen. Diesen knochigen, vielfingrigen Dingern. Dort, auf das Papier. Die Fingernägel habe ich rot bemalt. Aber ich war ungeschickt. Mit diesen Händen könne man nie das Fliegen lernen, hat er gesagt. Aber ich weiß, dass ich mit ihnen in den Himmel greifen kann, so wie man in die Erde greift.

Das Schreiben ist das Schwierigste, und ich beherrsche es gerade so. Meine Buchstaben sind grobe, wunderliche

Kreisel auf dem Papier. Man hat mir gesagt, nur Kinder können sie lesen. Ich glaube nicht daran. Ich glaube, jeder, der will, kann sie lesen.

Er hat mich gefragt, weshalb ich hier bin. In diesen Zimmern. Weil ich es so wollte, habe ich geantwortet. Aus keinem anderen Grund.

Ich bin hier, weil ich mir das anmaße.

Draußen stürmt es.

Er hat mir gesagt, ich sei eines Tages vom Himmel gefallen. Aber das glaube ich nicht. Ich erinnere keinen Sturz. Ich erinnere nur den Himmel.

Das Nachttischlicht zeichnete Schatten auf das Papier, das er in den Händen hielt. Er lächelte mich an, ich sah auf und legte meine Hand auf seine. Meine Schatten waren an der Wand, die Schatten auf dem Papier, die Schatten, die jetzt, wo er fort ist, überall in diesem Zimmer sind. Ich schließe die Augen. Ich schließe die Augen.

Auf der Straße ist das Licht elektrisch. Wie lange noch?

Als ich ihn vorhin ansah, wie er sich umdrehte und mir mit einem Kopfnicken sagte, dass wir diese Nacht nicht überleben würden, da wusste ich, dass ich fliegen kann. Er wusste, dass dies seine letzte Nacht sein würde. Nur ich wusste noch nichts davon. Ich weiß nichts von diesem Tag, ich weiß nichts von dieser Nacht.

Dieses Zimmer ist grundlos wie die Straße vor den Fenstern. Nichts fängt mich. Ich falle in einen neuen Traum. Der Teufel, das ist die Unfähigkeit zu fliegen.

LA FÔRET

LA FÔRET EST OBSCUR

LA LUNE

LA LUNE

LA PROSTITONAUTE

LES BRUYÈRES

Es war Nacht über der Stadt und Mondlicht fiel in Almas
Käfig. Sie pflückte sich Popcornreste aus dem Fell und
rüttelte zum großen Vergnügen der einzelnen Kinder,
die sich noch nach Mitternacht auf das Dach heraufge-
schlichen hatten, an den Stäben. Die Kinder schnitten
ihr Grimassen, die ihr abwegig vorkamen. Wenn einer
lächelt, so lächelt man zurück, ohne es zu bemerken.
Alma glaubte, dass man über die Jahre die Fähigkeit
verloren hatte, ihr Lächeln zu sehen, denn es war eines
aus einer anderen Zeit – eines, das anders aussah als das
Lächeln dieser Kinder. Sie kämmte sich den Pelz aus
dem Gesicht, um sie besser sehen zu können. Die drei,
die sich heute Nacht hier eingefunden hatten, hatten soeben begonnen, nebeneinander zu springen, als könnten sie so den Boden erschüttern und den Käfig zu Fall
bringen. Die Haare der Kinder schaukelten dabei lustig
auf und ab. Alma glaubte nicht, dass die Kinder sie be-
freien wollten. Sie wollten bloß ein Spektakel.

Nachdem Alma ihnen eine Weile lang beim Springen
zugesehen hatte, hörte sie von weit weg etwas, das klang
wie das Streifen eines Stocks über ein Metallgitter. Die
Kinder blickten sich zuerst nur stumm um, liefen dann

plötzlich Richtung Tür davon. Alma hörte ihr Kichern im Treppenhaus leiser werden und sah wieder hinauf zum Mond, der flach und voll im Himmel hing. Es schien ihr, als könnte sie eine winzige Verdunklung über seiner Oberfläche erkennen, wie ein Schatten oder eine Delle. Im Blinzeln, mit dem sie in das Dunkel des Himmels sah, war der Schatten verschwunden. Doch als sie zurück auf die helle Fläche des Monds blickte, erschien er ihr wieder. Alma wurde durch einen ziependen Schmerz an ihrem Knöchel wieder klar. Eines der drei Kinder, das Mädchen, musste allein wieder zurück nach oben gekommen sein – denn nun saß es dort, still, auf dem Boden neben dem Käfig; und hatte angefangen, aus den Zotteln, die von Almas Füßen zwischen den Stäben hervorhingen, einen kleinen Zopf zu flechten. Alma sah es an. Das Mädchen unterbrach seine Flechtarbeit und sah zu ihr nach oben. Alma lächelte, und das Mädchen lächelte zurück. Dann senkte es den Kopf wieder und flocht weiter. Alma hatte sich an das Ziepen gewöhnt und schon das Gefühl, sie könnte es vielleicht sogar genießen. Den Rücken gegen die Stäbe gelehnt schlummerte Alma bald vor sich hin, als sie wieder von einem Geräusch geweckt wurde, diesmal ein metallisches Klacken. Zuerst sah sie das Mädchen, das nun nicht mehr auf dem Boden saß, sondern neben der Käfigtür stand. In den Fingern hielt sie eine Haarklammer, und das Schloss hing lose vor dem Gitter. Alma streckte vorsichtig den Fuß aus und stieß sanft die Käfigtür auf. Sie öffnete sich tatsächlich. Das Mädchen stand nur da, einen Finger im Mund, und sah Alma an.

Die Autorin dankt der großzügigen Förderung der
Frankfurter Stiftung maecenia für Frauen in Wissenschaft und Kunst.

Erste Auflage Berlin 2023
Copyright der deutschen Ausgabe © 2023
März Verlag GmbH
Göhrener Straße 7, 10437 Berlin
info@maerzverlag.de

Einbandgestaltung: Barbara Kalender, Berlin
Satz: Monika Grucza-Nápoles, Berlin
Korrektorat: Moritz Wilhelm, Amberg /
Jan-Frederik Bandel, Leipzig
Druck und Bindung: Pustet, Regensburg
ISBN: 978-3-7550-0014-3
www.maerzverlag.de